安吉童年时期的照片，
摄于里尔。

安吉、我，还有她哥哥尼尔在日光浴，摄于里尔。

安吉和我在度假——还是在里尔——那时我们都是十八岁。

一天晚上和家人外出。从左到右：安吉的妈妈温妮，安吉的嫂子黛安娜和她老公尼尔，安吉，我，以及安吉的爸爸赫伯特。

安吉和我在结婚当天。

我和我哥哥马尔克——我最好的兄弟，还有娇羞的新娘。

结婚纪念。我专门穿这条裤子来搭配安吉的鞋子。

在格里姆索普公园钓鱼湖旁。我希望瑞安能找到他的奶嘴。

他找到了！不过为了照相又把奶嘴从他嘴里取了出来。

安吉和她的姐姐黛安娜在度假中——是的——在里尔。坐在安吉大腿上的是达蒙，而坐在黛安娜大腿上的则是她的儿子凯恩。

海滩上的野餐。前排，从右到左：安吉的嫂子黛安娜，安吉和一个朋友。后排：我的岳母温妮，还有尼斯。

我、安吉和尼斯。还有许多双鞋。

安吉和达蒙在贝尼多姆度假中。

安吉在医院里。
她刚生下杰克和
杰德。

和双胞胎在
家……

……和康纳和尼
斯一起。

在德文郡度假（调剂一下）。我抱着康纳。安吉肚子里则怀着那对双胞胎。

尼斯、杰克和康纳在松威客海湾。（康纳肯定不会原谅我把他拍成这样。）

林恩五十岁生日。安吉和我哥哥马尔克的老婆艾琳在一起，肚子里怀着六个月大的埃拉－罗斯……

2009年10月在我们喜爱的松威客海湾，安吉、埃拉和科里。安吉在这张照片拍摄整整一年后去世。

Ryan - 17-4-86
Damon - 29-3-89
Reece - 11-04-1991
Connor - 13-6-99
Jake - 21-11-02
Jade - 21-11-02
Carey - 9-12-05
Ella - 22-6-07

① plait. girls hair or it splits
② Must do homework. before bed.
③ Must be in 1 hour before dark.
④ Vet tv programmes.
⑤ Dont let them bite nails.
⑥ Vet boyfriends / girl friends

⑦ Keep going to. Thornwick. with rest of family.
⑧ be strict with them.
⑨ Check their hair for nits.
⑩ only one hour a day on Computer.
⑪ Make sure ella. has her Meningitis boosters.
⑫ Dont have iron too hot for shirts.
⑬ Dont leave ella in bath alone.
⑭ Dont give them. too many sweets
⑮ Sun block on hot days.

这张表是安吉在康纳的旧练习本上写给我的。

瑞安生于：1986年4月17日；
达蒙生于：1989年3月29日；
尼斯生于：1991年4月11日；
康纳生于：1999年6月13日；
杰克生于：2002年11月21日；
杰德生于：2002年11月21日；
科里生于：2005年12月9日；
埃拉生于：2007年6月22日。

①给女儿扎辫子以防止头发分叉
②必须完成作业后才能睡觉
③必须在天黑前一个小时回家
④检查孩子们看的电视节目
⑤不能让孩子们咬指甲

⑥要对孩子们交的男女朋友把关
⑦要和家里的其他成员继续去松威客海湾
⑧对孩子们严厉
⑨给他们的头发捉虱子
⑩一天只能玩一个小时的电脑
⑪别忘了让埃拉服用她的脑膜炎辅助剂
⑫熨衬衣时不要把熨斗的温度调得太高
⑬不要把埃拉独自留在浴缸里
⑭不要给他们吃太多糖
⑮热天去晒太阳

Mum's Way

亲爱的小孩，

原谅我
不能陪你长大

［英］ 伊恩·米尔索普（Ian Millthorpe）
琳妮·巴瑞特-李（Lynne Barrett-Lee） ／著

李娟／译

重庆出版集团 重庆出版社

谨以此书献给我亲爱的妻子安吉和那千千万万被癌症夺走生命的了不起的妈妈们，我想告诉你们，即便离去，我们依然能感受到你们深切的爱。

第一章

2010年3月

"米尔，"安吉冲我喊道，"过来一下，好吗？"

我叫伊恩，但安吉习惯叫我米尔：表面上是米尔索普的简称，但实际上是我倒霉透顶在学校被人取的绰号的简称。那个绰号让我无比郁闷：居然是米莉，当然了，米尔更简洁，也更具有男子气。

我放下清理早餐的活儿，去看她有什么需要。因为但凡老婆叫老公的时候，老公都是这么做的，不是吗？今天是工作日，我们正在帮小家伙们准备上学。我说的是我们孩子中较小的那五个，再具体一点儿，就是我们八个孩子中后面的那五个。这意味着这在我们家一直都像打仗一样。

我走进客厅，看到安吉正对着壁炉上的镜子给我们的女儿杰德扎辫子，自从女儿开始上学后，这便成了她每天早上的必修课。

"米尔，站到这里来，"她对我说，示意我站在她身旁，"站在我边上看我怎么做。"

她肯定注意到了我的神色，因为接着她对我笑了笑。"你掌握方法后就简单了，"她向我保证，"不骗你。"

我站在那里看着她。看着她双手翻飞如花。"我绝对学不会。"我说。

"不，你能的。"安吉轻声回答，"因为我会教你。"

杰德喜欢把头发扎成辫子，所以这会儿她高兴成什么似的。她还像往常一样和其他几个小的一起，两眼紧盯着电视上的动画片。"你为什么要教我？"我问安吉，我们的眼睛在镜子里相遇了，镜子里的她瘦得不成人形。尽管她不会承认，并一直对我说她很好。做完最后一期化疗后，她的头发慢慢长了回来——浓密、柔软、亮泽，一如她少女时代起一直以来的那样。但她身体的其他部分却好似正在我眼前一点点收缩；她现在一天不知要把牛仔裤往上提多少次。

她给杰德扎辫子的手停了一会儿，用尖锐的眼神看着我。

"为什么？"我又问，"你自己明明可以做，为什么还要教我？"

她又冲我微微笑了笑。哪怕是一丁点儿的笑意都会使她整张脸笑起来。"你知道为什么，米尔，"她说，声音几近呢喃，"因为也许某一天你不得不亲自动手。"

我感到眼泪涌了上来——我不想让任何人看到的眼泪。我不想让安吉看到，也不想让杰德看到。于是我用最快的速度跑进了厨房。想忍住眼泪很难，但我知道我不得不忍。尼斯上班去了，但除了我知道刚上楼去刷牙的杰克，其他孩子都和安吉在客厅里，他们最不想看到的就是他们的爸爸哭。

我现在已经久经考验，应该能更好地克制自己了，不是吗？我想我的确有了些进步。我振作精神，往脸上泼了些水，把脸上的泪水冲掉，然后回到客厅，这会儿安吉已经帮杰德梳好了辫子。

"好了，去吧，"她对她说，"去把自己的鞋子和书包拿来。"

然后她转身尖锐地看着我。"别把自己弄得紧张兮兮的，米尔。"她用严厉的口气对我说，"老这样你会把自己搞病的。"接着她的表情缓和了下来，"听我说，亲爱的，我不想让你生气，我真的不想。但我需要知道你会好好的。"

我感到眼泪又要流出来了，我知道安吉也看出来了。我感到天都要塌下来了，她怎么竟能这么坚强？

"我需要知道以后你有能力照看好孩子们，米尔。"她说，"这样吧，你先送他们去上学，怎么样？我们回来后再好好谈谈？好不好？"

我冲她麻木地点了点头，她的勇气令我惭愧。我无比美丽的妻子，就这样站在我面前，神情自若地谈着她死后我该怎么办。我不知道我该如何承受。但我将不得不承受。

我们中间的三个孩子：康纳，还有我们的一对双胞胎——杰克和杰德，都在当地的迈尔菲尔德小学上学。小科里也一样，他上午待在这所小学的托儿所；他从去年九月起就开始上托儿所了。安吉从来不开车，接送孩子的活儿都落在了我头上。自从2004年，年仅四十二岁的我在遭受了一场脑出血之后，不得不提前退休，退休后便一直如此。

到学校的路对我来说已经熟悉得不能再熟悉，我闭着眼睛都会走。尽管我没有闭上眼睛，但我的确是自动驾驶的，表面上和康纳聊着天——他十岁了，坐在前座，跟我叽叽喳喳地讲着什么——但我满脑子呼啸的却是那些可怕的、不可避免的念头。

通常，我把孩子们送到学校后不会直接回家。安吉的爸妈和我们住在同一条街上，就住我们前面一点儿，在回家途中我经常顺便过去跟他们打声招呼，看看他们有没有什么需要。他们——赫伯特和温妮，现在都上了年纪，温妮身子相当虚弱，所以但凡他们有什么粗重活儿要干，我都会代劳，为他们跑跑腿儿，打打杂。但今天我没有。今天我悬着一颗心把车径直开回了家，我心急火燎地想要回到安吉身边。

我进门时她正在客厅除尘，于是我走进厨房给我们俩各沏了一杯茶，然后端茶走进去坐在了沙发上。"好吧，安吉，"我说，她坐下的时候我试图稳住声音，"你有什么想法，亲爱的？"

她放下她那杯茶，抓住了我的手。

"米尔，"她说，"我一直在思考，好吗？我要知道如果，我是说当我发生不测的时候，你和孩子们能好好的。"

"别担心。"我说。碰到这种情况大家都会这么说，不是吗？即使我们俩都知道这不再是"如果"。不再是！现在只是"什么时候"的问题。"我们能应付的，"我补充说，"我们会的。我们会好好的。"

老实说，我甚至都不能去想这件事。于是我尽量不去想。但安吉不允许我自欺欺人。"你会给女儿们扎辫子吗？"她微笑地望着我问。

"不会，"我说，"你知道我不会，我也不知道有哪个男人会。"

她收起笑容，我看得出来，她在为想要对我说的话挣扎，就像我不得不洗耳恭听一样。"米尔，"她说，"那我知道。但你将和大部分男人不同。大部分男人不必既当爹又当妈，对不对？但你将要。你没有选择。"

我用双臂搂住她，把她抱紧。现在没人看了，她也哭了。眼泪顺着她的脸颊汹涌地流了下来。"我们会没事的，安吉，亲爱的，"我安慰她，"我保证。"

她微微后退，看着我，用手背擦着眼泪。"但情况将会变得那么艰难。我满脑子都在想这件事。我们所有的宝贝……照顾孩子们的所有琐事……这一切对你来说将会那么难。所以我一直在思考，我得尽可能地为你把情况变得简单。我会教你。"她吸了吸鼻子，止住眼泪。她突然认真起来。我从她的眼神中看得出来。我太熟悉她那个眼神了。安吉从来不会放弃。想想看，一个做事半途而废的人不可能生下八个孩子。"我将把一切都教给你。"她说，"直到你把需要掌握的全都学会了我才能放心，从给孩子们洗澡到给他们喂饭，到帮他们做功课，等等，等等。对了，还有做蛋糕。这个你也得学会，米尔。这很重要。"

"做蛋糕？"我对烘焙实在没信心。

"是的。给孩子们过生日的时候做。"她说，看着我，好像我早就应该知道似的。她说话的时候我能看出来她是经过一番深思熟虑的。她是真的需要确保没有了她我们能行。需要确保我能很快做出一个生日蛋糕，这是最起码的。

"好吧，亲爱的。"我说。能再次看到她笑我就感激不尽了。"那告诉我，什么时候开始？"

我想每个人都希望自己的初恋情人会是自己今生的唯一，尤其是当你发现自己在十四岁这样敏感而多情的年纪第一次坠入爱河的时候。但那种情况发生的概率有多大？几乎是零。

1976年9月27日是个我永生难忘的日子。那是傍晚时分，我正在从好友戴维的家徒步回家的路上，突然，我听到马路对面有人冲我喊。我抬头，看见同校的一个女生正从马路对面朝我跑来。"伊恩，"她上气不接下气地说，"你愿意和我的好朋友安吉约会吗？她是真的很喜欢你。"她诱惑地补了一句。

我说不。我不知道有多想说好，但说出来的却是不。我在附近见过安吉，我也真的很喜欢她，但我只有十四岁，知道女孩子们的德行，所以不敢相信。我觉得这是个玩笑。肯定是这样。我能想象得到，如果我答应了，这个女生会跑回去告诉安吉，然后她们俩便会拿我大大嘲笑一番。

再说了，现在正下着雨呢，下得很大，我可不想四处晃悠，把自己淋得像个落汤鸡。这是七十年代，所以我还得考虑下自己的发型。"哦，去吧，伊恩，"她恳求道。"我是认真的。她是真的、真的喜欢你！她张口闭口都是你，"她补充道，"去吧，我求你了？"

我还是犹豫不决，这可想而知，因为我还是不能确信她不是在跟我玩什么恶作剧，但是最终我决定还是应该冒下险，毕竟我是真的喜欢安吉·约克斯尔。如果我拒绝了——好吧，我也许会错失机会，对不对？她有一双棕色的大眼睛，也真的是个美人儿，所以说不定会被其他人钻了空子呢？"好吧，"我说，尽量用酷酷的语气，"告诉她明天放学后我会在公园里见她。六点。"

那座公园距离学校很近，我们有几个人喜欢去那里晃荡。那里面常备设施有草地保龄球场、网球场，还有一个当时就很破旧的凉亭，外加许多长凳，可用来和女孩消磨一个晴朗的下午，如果你有女朋友的话……

那个女孩满意地跑开了，她恰好也叫安吉，她说她会告诉另外那个安吉的，而我则继续往回走，嘴巴都笑得咧到耳朵上去了。我不敢相信！我的第一次约会！我有生以来的第一次约会！我有女朋友了！当时情况就是这样，没有时下孩子们在脸书上写的那些长篇大论。我有了一次约会，这就表示我有女朋友了——好吧，差不多就是这样。我现在不在乎下雨了，尽管我全身都被淋透了。我眼巴巴地等着第二天快点儿到来。

一旦开始恋爱，我就觉得第二天来得可真慢啊，去得也真慢。初恋是最折磨人的东西，这一整天我都神思恍惚的，我的全部心思都用在了搜寻安吉的身影上。往常我总能在周围看到她，但今天她却和我玩起了捉迷藏，真是令人沮丧。休息时间，接着是午餐时间，然后是第二次课间休息。她连个影子都没有，她今天来上学了吗？

然后就在我放学准备回家时，我看到她了，在学校大门口。我意识到她显然是在等我，我能从我走近她时她抬头看我的样子看出来。就在我尽量装出一副若无其事的样子朝前走去时，她立马从靠着的学校大门旁的墙壁上弹了起来，朝我走来，一双迷蒙的大眼和一头巧克力色的头发。

"嗨，米莉。"她羞涩地叫了一声。我爱死了她的羞怯。"我正在想，我们能不能把时间从六点提前到五点？"

她等待着我的回答，没有解释为什么要改时间。"当然可以。"我答道，依然克制着自己，不让声音里流露出一丁点儿迫切。千万不能让语气听起来过于迫切。"我都可以，"我补充道，"那五点见。"

"谢谢。"她说。然后就走了。

第二天我是跑着回家的，整个人像是乘着风，我每跨一步笑容便增多一分。天哪，我用典型的青少年的简单逻辑想，甚至等不及到六点见我——她肯定是真的喜欢我！我加快了脚步。在五点之前我有许多准备工作要做。

我一跨进前门便丢下书包，像火箭一样冲上楼。首先是冲个澡，边洗澡边想要穿什么衣服好。伴着大卫·鲍威[1]的一首曲子，在衣柜里飞快地搜了一番，我拿着我最好的一条裤子飞快地跑下楼找我妈。这是一条米色高腰裤，有两个大口袋和两排扣子。这是我最酷的行头了，除了我那双桃红色的马汀大夫鞋，不消说我把它们也穿上了。"妈妈，"我甜甜地笑着对她说，"你能帮我把这条裤子熨一下吗？"

家里八个孩子当中我是老幺（我最小的哥哥格伦这时都已经十八岁了），因为我是家里的小宝贝，所以妈妈都快把我宠上天了。有时候，如果我要出门，她甚至会往口袋里装上零钱跟在我后面，偷偷避开其他人把钱给我。尽管我觉得他们是不会介意的。她把我们全都宠坏了，真的。这会儿，家里只有我的三个哥哥，特里、莱斯和格伦，她比平时可以支配的时间更多一点儿。

她一如往常地笑着，伸出手来接裤子。"我看你挺着急的啊，儿子，"她说，"你有女朋友了？"

1　生于1947年1月8日，英国著名摇滚音乐家，摇滚史上的传奇人物之一。

我感到自己的脸唰的一下红了。有点儿像爆炸的感觉。我根本管不住。"没有的事，"我飞快地说，"我不过是要去朋友家。"

　　"你肯定是有了。"我回楼上去洗澡时听到她说。

　　我没有太多时间坐进浴缸去品味我的好运气，因为现在时钟正嘀嗒嘀嗒地稳步朝五点接近。我只来得及擦干身子，去取裤子（竭力假装没有注意到妈妈一脸的忍俊不禁），后来我又想到了一点，想到的时候我已经走到花园半途了。我想折回去，偷溜进特里的房间去偷一两滴他的百露牌须后水用。我不仅要让安吉看到我最好的一面，也要让她闻到我身上最好闻的气味。如果特里知道的话一定会杀了我，但如果不出意外的话他是不会知道的。就算他有所怀疑，没关系，我矢口否认就是了。毕竟一个男人要做一个男人必须做的事情。眼下这种情况，"洒上就是了"，就像拳击手亨利·库珀[1]在电视广告里说的那样。

　　我连走带跑地穿过沉睡中的黄昏大街，把须后水的芬芳留在身后的空气里。五点，我准时出现在格里姆索普公园，为约会做好了万全的准备。

　　我听说过什么心跳漏掉一拍啦和所有那些多愁善感的话，我确定，当我的双眼落到安吉身上时，我的确感觉到了。实际上，我的心跳不是漏掉一拍，而是少跳了两三拍，因为她坐在那里，

　　1　第一位两次（1967年、1970年）被授予BBC年度体育名人的重量级拳击手，英国最伟大的战后重量级拳击手之一。

在最近的长凳上，就是公园里距离大门最近的长凳，她比任何时候看起来都美。此刻，花床光秃秃的，夏日的金盏菊和天竺葵都被拔光了。但，就算它们还在，也没有哪朵花能和她相比。她看上去完美无瑕。好得让人觉得不像是真的。

"嗨。"她说。她看上去比之前甚至更羞涩了。

"嗨。"我说，挨着她在长凳上坐下。我看到她身穿褪色的斜纹粗棉布牛仔裤，乳白色的毛线上衣——毛茸茸的那种，看起来像是手织的，还有她那蓬乱的光亮的巧克力色的头发。我不能把眼睛从她身上挪开。她对我露出最迷人的微笑，我很肯定，就在那一天，我不可救药地爱上了她。

我不能相信自己有这等好运气。我绝不能。到现在我依然不能。她是我的初恋，是我今生唯一的爱人，也是我最后的爱人。

第二章

学会扎辫子对我来说从来不是什么简单的事情。我敢说有些男人在他们妈妈的膝盖上就学会了，但我绝对不是他们中的一个。我出生在一个传统的矿业家庭，位于格里姆索普村，靠近巴恩斯利[1]，在这里，大部分男人都不会扎辫子。

格里姆索普最出名的是煤矿，那里有两个矿井是英国最深的矿井之一。在这两个矿井关闭前，当地将近有一半人口都在矿业工作，煤矿一挖完，便有一半人口失业。这里过去住着许多残疾人，他们是地下工作那些年留下的产物，时至今日仍然存在。

尽管再没有了开采中的矿井，但格里姆索普如同南约克郡的其他社区一样，依然是一个团结的矿业社区，它还因煤矿管弦乐队而闻名，或因此名声更大。但正如1996年在这里拍摄的电影《奏出新希望》[2]中描绘的那样，在矿井关闭后有几年人们过得

1　英格兰北部城市，原约克郡的行政区。

2　由英国男星伊旺·麦奎格主演，描述英国矿区业余铜管乐队，面临矿区即将倒闭，在失业及失意的人生危机里，因为一名女性短号手的加入而重新燃起希望及人生斗志的电影。

很艰难。实际上这部电影的故事情节就是基于当时那支铜管乐队的真实经历。然而，令人高兴的是，那支乐队一直红到了今天，甚至还在2012年的伦敦奥运会上有过精彩的表演。

这个村子和当地村民还有一点引以为傲的，那就是我们的一个亲友（以前也是矿工）——弗雷迪·弗莱彻在这部1996年的电影中扮演了一个主要角色——凯恩斯。电影描述的世界实际上并没有改变多少。风景也许变了，但这里的人绝对没变，这里依然有同样的归属感和社区感。还有那些蔓生的紧密相连的大家庭。

在20世纪70年代，一个十四岁大的少年，我当然知道自己将要从事什么事业：我会子承父业，到格里姆索普矿场去接受训练，成为一名矿工。像我大部分的同龄人一样，我对自己的志向十分自豪。

然而在安吉·约克斯尔答应成为我女朋友的那一天，关于未来的所有雄心壮志都从我脑子里消失了。在那一天，时间似乎停止了。

"哦，天哪，米尔——看看时间！"她说着从长凳上站起来。四个小时过去了，我们俩居然都浑然未觉。天色一片漆黑，天气冷得要命，她十点钟得到家。

"我送你回去。"我勇敢地提出，尽管我连她住在哪里都不知道。作为对我的骑士精神的回报，安吉让我吻了她，晚安吻。就是那个，对我来说，就是那个吻。我一路飘飘然地回到家，我知道，我沦陷了。

像所有少年一样，我们迅速坠入情网。仅仅数周，格里姆索普大街小巷的每一堵墙上都有我们中的一个用粉笔写下的我们的大名。我们几乎每天都见面，我们在校园里、操场上约会，甚至在放学后还跑去公园进行我们的五点幽会。

后来，冬天开始变得寒气袭人，我们便把约会的地点从公园入口处附近的长凳换到了通往那个破旧凉亭的一级台阶上——更确切地说，应该是"我们的台阶"，那是安吉不久后给它起的名字。

回想起来，当时我们紧紧依偎在冰冷的水泥地上，一坐就是好几个小时，就如任何热恋中的情人一样无所不谈、无病呻吟，却没被刺骨的寒冷冻死真是奇迹。但奇怪的是，我们当时似乎对约克郡的寒冬丝毫没有感觉——也许爱情真有温暖人心的力量。

很自然地，想到要去见安吉的父母，我害怕极了，因为我害怕自己不够好，配不上他们的女儿，我想大部分青少年都有过这样的顾虑吧。但后来我才知道，她爸和我爸一样是一名退休矿工，而且和我爸共事多年。

他名叫赫伯特，他对我好得不得了。"我认识你爸，小伙子，"他用浓厚的约克郡口音说，"我过去和他在矿井下共事过。很好的人啊。"

这似乎表示他们家接受了我，这让我大大松了口气。从那天起，他和温妮便把我当作亲生孩子一般对待，温妮后来变得就像我的第二个妈妈。所以现在，虽然在上学的日子和周末我们依然在公园里见面，但我还多了一项任务，那就是起床后去叫起睡得睁不开眼的安吉。

尽管如此，不知为什么，她似乎对我一点儿都不厌烦，时光如水，岁月如流，周变成月，月变成年。"我们要永远在一起。"我们过去常常这么说。而且我们是认真的。我觉得在约克郡我找不到比安吉更完美的女孩了。我已经拥有了最完美的。安吉和我将会白头到老。

在1978年的夏天，我们俩都离开了学校。我想子承父业成为一名矿工，所以，一被录取我便秉承家族传统去矿场工作了，接受最初的地面培训。安吉一直想从事一份和孩子们打交道的工作，于是她兴奋地在当地的幼儿园开始了为期六个月的培训课程。这是她梦想的工作；她一开始工作便张口闭口都是那些孩子。她坐下给他们读故事时他们的小脸会怎样亮起来，照顾他们给她带来了多少欢乐。所以，若干年后，在我们结婚的当晚，她对我说的第一句话便是，"我们马上生个孩子好不好"，这一点儿都不奇怪。

我心情的迫切程度丝毫不亚于她，毕竟我们是在度蜜月，所以我理所当然地积极尝试，即使我们不得不事先抽出大量时间来清理她哥哥尼尔偷溜进来放在我们旅馆床上的那些米粒。她的婚礼愿望得到了实现。两个月后她回到家，手里挥舞着从药剂师那里拿到的一个小小的棕色信封：这是几天前她在那里留下的样本的检验结果。

"猜猜看，"她喜滋滋地说，"你认为结果怎么样，米尔？我是怀上了呢还是没有怀上？"

令我无比骄傲的是，检验单证实她怀上了，我想我这项工作完成得还真是出色。

然后房子里便到处都是婴儿的东西，我们都没法转身了。当时我们住在我们自己的第一个家里，是位于沙福通小村的一座三卧半的房子，距离格里姆索普只有两英里，很快便全是为孩子准备的了。我们装修好了一间婴儿房，在房间的墙壁上刷上了白云、蓝天和彩虹，安吉仔细地翻阅每一本婴儿杂志。她是真的迫不及待地想要当妈妈，因为一生都被孩子环绕是她的最大愿望。接下来我们的生活悲喜交加。不幸的是，我可怜的父亲没能等到他最小的孙子降生。和许多矿工一样，他为那些年艰辛和危险的工作，为四十五年里吸进肚子里的煤灰付出了最大的代价，才六十八岁，他便走到了生命的尽头。

然而安吉却是用她一贯特别的方式和他道别的。她和他道别后的第二天他就走了。她当时没有哭，相反，她先是在他脸颊上来了个大大的吻，然后伸手抓住了他那对竖起的大耳朵，接着哈哈大笑起来。安吉的笑真的具有神奇的力量。

"你知道吗，"她咧着嘴笑道，"我一直想揪住你这对大耳朵，狠狠地捏它们！"父亲闻言笑了，同时眼睛湿润了。

"过来，我亲爱的孩子。"他说，把她往床边拉近了些，好抚摸她圆滚滚的肚子，和他无缘相见的孙子道别。我记得自己当时曾暗叹我的妻子真是了不起。

我们的第一个孩子——瑞安·亚瑟就在一个多月后出生了，我对此就像他是我生出来的一样记忆犹新。我知道，谈及痛苦，和女人比起来，大部分男人都相当脆弱，但当我们的儿子开始显示出要加入我们这个家庭的迹象时，我很肯定我和安吉一起感受到了她每一次的子宫收缩。

我叫得也许比她还大声，这一点都不奇怪。因为医生一早就告诉安吉在生产的时候要用力，而在安吉用力的时候显然需要抓住些什么，既然我的头就在她手边（我是在她头旁边，而不是管用的那边），那用双手抓住我的头发似乎管用。幸运的是，生产的过程不是很长，否则到了今天也许我还是个秃子。

分娩一结束，瑞安一安全降临我们身边，安吉便哈哈大笑。我的脸被她抓出了一道道血痕，头发整块整块地被抓掉了。我看上去就像在和一头狮子的搏斗中落败了一样。

回到家后，安吉对我们的宝贝儿子爱不释手。我脸上的伤在慢慢愈合，头发开始重新长出来，她则会一连数小时地坐在那里喂孩子吃奶，回忆每一个珍贵的片段，只要看着他们母子俩，我就完全把我在此间受过的痛苦抛诸脑后了，我感到浑身充满了爱和自豪。

没过多久我们就开始尝试要第二个孩子，因为安吉不满足于只有一个。我也一样。我们俩都是大家庭出来的，我们习惯了大家庭。

"这次我想要个女儿。"安吉说，"这样我就可以给她打扮，给她扎辫子，等她长大一点儿，我们母女俩就可以一起去买衣服了，然后，某一天，我会看到她穿着漂亮的白色婚纱，走上教堂的过道。"

这是任何妈妈都有的梦想，她自然也不例外。但，当达蒙到来时，她照样关怀备至。就像小女孩得到了一个新布娃娃一样；她就是喜欢孩子，只要是照看孩子，她都不会生厌。她似乎天生就是这块料，生来就是要做她该做的事。

毫不奇怪，没过多久她就又怀了第三胎。当尼斯在1991年的春天到来时，她依然是欢喜的。有两个迷你版的米尔在身边跑来跑去（好吧，一个是在跑，一个是在冲，大部分是撞到家具上），她高兴得直哼哼。她不知有多喜欢看尼斯蓬乱的墨黑头发和橄榄色的皮肤。"终于给我等到了！"她喊道，"我总算生了一个和我有点儿像的！"

并不是说我们生活得像沃尔顿家族[1]。尽管安吉有一份兼职工作，她在一所高中当清洁工，那所高中就在我们房子后面，但要抚养三个孩子，钱变得前所未有地紧张起来，我每天要在黑暗的矿井下工作八个小时，那里灰尘弥漫，而现在则经常被延长到十二个小时。但我不在乎。我拥有了我想要的。曾经一度，我对

1　这里指的是沃尔玛创始人山姆·沃尔顿家族，寓意有钱人。

幸福的定义是我和安吉乘着我蓝色的卡普利[1]四处驰骋，而现在我对幸福的衡量却大不相同。我感到自己是有福的。我有安吉。我有我的儿子们。我有充满爱的生活。我拥有了我想要的一切。

但命运对我们似乎另有安排。1993年3月一个狂风呼啸的周六，那些安排开始显露出来。当时我正坐在沙发上照顾尼斯。他快两岁了，我们管他叫捣蛋先生。你不能放任他在厨房橱柜边待上五分钟，否则他会把罐子和盘子全都拽到地板上，一个不留。

安吉带着古怪的表情走了进来。那是担忧的神色，因为安吉大部分时间都是笑着的，她这副神情我很少看到。

"米尔，"她说，"我发现胸部有个包块。"

她解开胸衣给我看，我放下尼斯。"在这儿，看，"她说，拉着我的手指引我去摸。"你能感觉得到吗？"

我摸到了。那里显然有个包块，但感觉很小。不超过一颗豌豆的大小。"我觉得没什么可担心的，"我告诉她，"很小。也许只是一个囊肿。但保险起见，我们去医生那里预约一下。不过我肯定没什么可担心的。"我再次说。

直到我们去看医生前，我们都是这么说的，因为在那个时候我们还能怎么想？安吉只有三十岁。谁听说过女人在三十岁得乳腺癌的？我们是肯定没有。似乎不可能。

1　福特汽车于1945年10月成立林肯–水星部，卡普利（Capri）是水星品牌下的著名产品。

全科医生和我们的观点一致，她认为我们也许真的不必担心。"感觉的确像个囊肿，"她确认说，"但我还是建议你们去医院进行切片检查，不管怎么样，确认一下总是好的。"

我们去做了切片检查，几周后我们在邮箱里收到一封信，通知安吉去门诊部拿结果。我们俩依然没有担心，反正没有真正担心。那么小的一个包块，她又那么年轻，毕竟，她们家从来没有人得过癌症。

"别傻了，米尔。"当我告诉她我会请一天假送她去医院时，她对我说。安吉不开车，所以我送她去是最方便的。但她坚持，"老实说，没必要，米尔。我会叫我妈陪我一起去。"

"你确定？"我问。尽管现在向我工作的庞蒂弗拉克特矿场请一班假很难，但我依然觉得我有责任陪她一起去。

"不用，米尔，"她坚定地说，"你去上班。为这种事请一天假不值得。我会跟我妈一起去。别担心了好吗？不会有什么事的。"

这一整天我满脑子想的都是安吉。无论我多么努力地说服自己她不会得什么重病，我还是忍不住去想："是的，但如果她真的得了重病呢？"

下班回到家，我发现门还是锁着的，家里空无一人，这表示小家伙们还在我母亲那儿。一阵冰冷的寒意沿着脊梁骨爬了上来。现在已经是下午两点半了，安吉和医院的预约是在十点。那她究竟在哪里？她应该早就回来了。

我现在真心焦急起来，不知道是要去我妈那里还是留在家里等安吉，最终我留在了家里，我在客厅里来回踱步，从前窗往外望，寻找她的身影，每一分钟的等待都像是半个小时般漫长。

实际上，我整整等了一个小时才最终在远处看到她的身影，她沿着街道拖着缓慢、僵硬的脚步走来。她走路的样子让我感觉全都不对——完全不像安吉。我想我已经知道必定不是什么好消息。我跑到前门把门打开，甚至隔着一段距离，我都能从她的表情上看出状况不对劲得离谱。我的心一下子跌落到谷底。

她走到大门时终于看到了我，她看着我，摇了摇头。她在哭。我沿着小路跑过去，把她拉近，试图为即将到来的事情做好准备。

我们幸福的小泡泡就要破灭了。"我得了癌症。"她在我怀里啜泣。

第三章

这会儿不必再上一节扎辫子课让我大大松了口气，因为我笨手笨脚的，现在脑子里还是一团糨糊。孩子们都去上学了，杰德当然也包括在内，但不管怎么样，家务活总是要人干。

已经擦干了眼泪，似乎又下定了决心的安吉有了一个新主意。埃拉·罗斯在客厅的沙发上躺着打盹儿，趁她睡着了，安吉要继续教我一些烹饪技巧。

"咖喱鸡肉。"安吉决定。我们一回到厨房她便开始查看冰箱里的食材，"你可以帮我做孩子们最喜欢的咖喱鸡肉当下午茶点心。"

准备好我们需要的所有食材后，她开始从抽屉里掏器具。我看着她。看着她在厨房里那么有目的地忙活着。砧板，两把刀子，一个深平底锅，然后是另一个。就好像她是一艘船的船长，而我则是个无可救药的新船员。

我们在这栋房子里生活了二十三年，瑞安还是个婴儿的时候我们就搬进来了，房子是我们一起装饰的，我们把每个晚上和每个周末都用在了这上面，花了无数个日夜剥掉旧壁纸。然后选择新的——这个不知花了多少时间，因为我们在任何事情上都不能达成一致。安吉喜欢的我不喜欢，反之亦然，每次都这样。但自然地，房子最后还是按照她的要求装饰的。但凡我们家里的事，总是从一开始就按安吉的方式来。

"现在你来，"她说，指着操作台上的一堆洋葱，"它自己是不会变成小块的。来吧。把它们切了！"

我不是傻子。我和寻常男人一样，有蔬菜需要削皮的时候我会给它们削皮，但像大部分男人一样——当然了，我指的是像我一样习惯在地下一天工作十二个小时的男人，迄今为止我还没有遇到过多少需要削皮的蔬菜，更没有碰到过这么多需要一口气剥完皮的蔬菜。

回想当初，还在矿场工作的时候，我是开隧道掘进机的。我那一组有四个人，我和其中两个——丹尼和约翰做了一辈子的好朋友。我们要一口气干十二个小时，中间只能停下来吃我们带下来的打包午餐，我们轮流开机器。那是个又大又笨拙的家伙，叫作多斯科路书仪[1]，它能割穿岩石和煤矿，一次一米，然后我们就要把巨大的钢梁搬去建我们刚刚开掘的隧道。我们会把它安装在隧道的地上，然后用路书仪长长的切割吊杆来把新框架做好的部分放上去。

这项工作很费力气。有时候，我们——就我们四个得将大梁

1　英国多斯科（Dosco）公司生产。

搬到三十米高的地方，有时候我们的膝盖都没入了烂泥中。但我们从来没有松懈过——我们不敢。我哥哥巴里是我们的工头，他非常严格。只要他觉得有人没把工作做好，他就会上报经理，而且他对自己的小弟弟一点儿都不徇私。他也有好几个绰号，我到现在都还拿那些绰号戏弄他：巴里混蛋和笑面虎。但尽管如此，地底下的工作气氛很是融洽，而且他的严苛丝毫不减他受欢迎的程度；似乎人人都喜欢我们的巴里。

这也是一项极其炎热的工作。无论地面上的温度是多少，地底下总是潮湿的，我们热得受不了。所以每天我们除了靴子、短裤和头盔什么都不穿，在我们必须带下去的东西中，有一样是一个大水瓶，里面装满了冰块，这样一来，我们至少能喝到些凉水。我们上来的时候浑身乌漆墨黑的。连毛孔都是黑的，这点你想必也料到了。比煤更黑，我们过去总这么说。

此刻，当我站在厨房里，手里切着洋葱，听着妻子的指挥，感觉那些是恍若很久以前的事情了。我做好了学习的准备，因为我的生活现在发生了翻天覆地的变化，而且我知道有一天甚至会发生更大的变化。尽管哪怕想想如果没有了安吉我该怎么办都让我心神不宁，但我还是做好了准备，努力去学习她想要教会我的东西。一想到我要学这些技巧的目的是什么，我就很痛苦，但我还是想给她我知道她现在所需要的心灵宁静。

埃拉醒过来了，开始啼哭，安吉走过去看她，我则开始切她给我的洋葱。我们的两条狗——杰斯和鹅卵石留意着我的一举一动，等着有什么可以吃的会落到它们面前，鸡肉块，生洋葱——它们并不挑剔。然后我停了下来，洋葱切完了。显然这是我犯的第一个错误。因为安吉一抱着埃拉走回来，看到我的杰作，立即捧腹大笑。

它的感染力丝毫不减，安吉的笑，一点都没有。"不是那样的！"她轻声责备道，"你得把它们切细一点儿！那么大块，孩子们是不会碰的。抱一下。"她说着把埃拉递给我好给我做示范。"你得把它切得更精细一些。瞧，我是怎么做的，嗯？"她又抓起一个洋葱，剥皮后，示范给我看如何交叉着切，这样我就能轻松地把它切成小得多的丁了。看着她的动作，我意识到她的手腕如今变得有多细。她已经瘦得不成人形了，我不想再说。

我让她帮我，直到我掌握了操作方法为止，然后从她手里接过菜刀。不出所料，我越切，洋葱的味道便越浓，很快我便无法阻挡汹涌的眼泪，它们顺着我的脸颊流了下来。

我没有去驱赶洋葱的气味。我为什么要那么做呢？它们帮我掩饰了我站在这里流眼泪的真正原因。因为让我的眼睛湿润的并不是洋葱本身：而是当我在切它们，把它们切成亮闪闪的小丁时，我脑子里浮现出一幅我无法摆脱的画面。我还是站在这里，就像此刻一样，在我们的厨房里。一切都跟此刻一模一样。我在切洋葱为孩子们做他们特别喜欢吃的咖喱鸡肉，埃拉在我身旁——也许坐在她的高脚餐椅上，拿着一杯橙汁——狗儿们充满希望地在我身旁走来走去，就像它们今天一样，眼珠暴突着，充满期待地向上望着我，等着一小口吃的。等到我做好了——全凭一己之力做好了安吉这道特别的咖喱鸡肉——我将把它端到空了一个位置的餐桌上。

回到1993年，听到"癌症"这个词的那天，就如同一把匕首刺穿了我。这实在太令人难以置信。安吉在她那个年纪怎么会得癌症呢？我只是不能相信。

但她是真的得了。尽管有千万个不可能，她还是患上了那个致命的疾病——那个令每一个染上它的人都闻风丧胆的疾病。我也不例外。想到要失去她，令我心跳骤停。我不知道该对她说什么、做什么，不知道该如何帮助她。我只能用尽一切力气抱紧她。

那是个春天，前花园已经展现出一派喜人模样。那个时候我是非常热情的园丁，从在花房里播种到它们的生长，每一阶段都一样热衷，我家几乎每个人都这样，我把大量空闲时间用在了户外，在花园里劳作。我们有块我一直引以为傲的完美的条纹状草坪，花床和花篮里已经开满了三色紫罗兰报春花，它们很快将会被夏天的花儿取代。突然这些全都没有了意义。突然整个世界一片黑暗。听到那几个字，一切都变得黯然无光。

"我患上了乳腺癌，米尔。"安吉趴在我胸前再次说。她紧紧抓着我，啜泣着，眼泪在她脸上肆意流淌。"我不能相信。我只是不能相信。"

"好了。"我说，劝她沿小路继续往回走。我从来没有感觉到回家的路有这么漫长，我不知有多气自己没有坚持陪她一起去，更气自己为什么这么自信不会是这种情况。我对此完全没有准备。"来吧，"我说，"我先扶你进去，屋子里暖和。"天并不是那么冷，但突然让人感觉很冷。"会没事的，亲爱的，"我安慰她说，"我知道会没事的。如今乳腺癌是可以治好的。发现得早，对不对？所以我肯定医生能治好。"

"米尔，我不能相信，"她又说，"我居然会得乳腺癌。"

我扶她进屋，我们在沙发上坐下后，她便告诉我她将不得不把乳房切除。她说她已经和她妈回去过，把这个消息告诉了她爸。我知道他们必定像我一样震惊。毕竟她实在是太年轻了。

"没关系。"我说。我嘴上虽这么说，感觉还是全都不对。她失去乳房当然有关系了。对她会有影响——我知道会。但我要让她知道对我来说没关系。这不会改变我们之间的任何东西。"重要的是你能好起来，"我说，"重要的是你能康复。我只关心这个。"

那之后，一切便以迅雷不及掩耳之势发展，这只让我更加感受到她的病真的很严重。他们给安吉约了个日子去做乳房切除术，之后，他们解释说，他们会给她进行一个疗程的化疗，如果一切顺利的话，不管怎么说，就他们所能预料到的——手术就算结束了，我们可以继续生活。

我们迫不及待地等待那一天的到来。现在我们既然知道安吉得了癌症，我们便不能不去想它。想象癌症潜伏在安吉体内——潜伏并生长着。它会生长得多快？尽管肿瘤专家安慰过我们结果看上去是积极的，但每多等一天我们都觉得难受。日子还是一天天过去了，在七月初，一个阳光灿烂的周二，我把她送进了巴恩斯利医院，第二天接受手术。手术即将到来，知道肿瘤很快就要从她身体里切除，我感到开心了些。现在对我来说最重要的是，安慰她我不在乎她手术出来后少了一个乳房。想让她信服我看到她的伤疤时不会反应过度，这一点很难，但我的想法不可能比这更真实了。我所关心的只是她能再次好起来。

　　安吉手术后我怀着复杂的心情去看她。一方面，知道癌已经被切除了我如释重负，但另一方面，乳房切除手术给人的感觉肯定是极其残忍的一件事，我想她肯定吓坏了。

　　我把瑞安送去了学校，然后把达蒙和尼斯送去了我哥哥马尔克家。仅是叫他们起床，帮他们穿好衣服，让他们吃完饭，我就已经感觉像是做了一天的工作。

　　安吉的哥哥尼尔和他妻子黛安娜是和我一起来的。尼尔和安吉在他们家是年纪最相近的（他比她大三岁，他们的生日也是同一天），自从我和安吉在一起后，这么些年来，我们四人变得亲密无间。他们有两个孩子——李和简，现在分别是十一岁和八岁，在我们有自己的孩子之前，无论我们去哪儿，李总是坐在我的肩膀上。我们四个经常在一起，不是他们在我们家里，就是我们在他们家里，每年，我们全家人都会一起去里尔，无一例外地都是我们四个搞怪。实际上搞怪都不足以形容：我们简直是这方面的专家。

我们最幸福的时光要追溯到我们刚结婚的那几年，在两个家庭开始一起去度假不久后。现在，我们与安吉家一起，一年去里尔度假两周有几个年头了，不光是我和安吉，也包括我一半的兄弟姐妹，外加他们的另一半，还有莱斯和格伦，而现在爸爸死了，我们的妈妈便也加入了其中。我们真的就像一个幸福的大家庭。在这个特殊的假日，我们像往常一样从海边的玩笑商店买了些放屁粉准备用来捉弄人。

我们喜欢去玩笑商店，我想在那个年代人人都喜欢去海边的玩笑商店，而且经常相互开玩笑。我们喜欢找些可以粘在香烟头边上的小箔片，谁接了这样的香烟谁倒霉，因为一点着，箔片就会爆，然后香烟闻起来就像烧焦的橡胶。我们也喜欢洗脸时能让人脸变黑的香皂。我甚至在某次度假时让安吉上了一次当。想想现在都没有人喜欢玩笑商店真叫人伤心。

那个特别的晚上，大家都去了我们入住的公寓马路对面的那家酒吧，因为我们选定了温妮作为那天晚上的捉弄对象，所以每一次她离开餐桌，尼尔和我就往她的饮料里掺放屁粉。等待某件事情发生就像它真的发生了一样有趣，安吉和黛安娜几乎笑出了眼泪，因为每当她们的眼睛隔着桌子相遇时，她们都不得不拼命憋着不笑出声来。

但什么都没有发生，温妮离开酒吧时就像她进来时一样，什么都不知道，而且据我们所知，也没有放屁，我们都一致认为，尽管那个粉末让人有点儿失望，但单就我们那么忍俊不禁地等待一件好笑的事情发生也值了。

但那天晚上还没有结束。还没有。

"嘿，你们听着，"赫伯特把钥匙塞进公寓门的锁孔时小声说，"你们进去的时候不要弄出声响。悄悄地上楼去，听到没有？上面有人在睡觉，你们尽量小声点。"

我们这时都喝得有点儿醉了，但我们向他保证我们会注意，然后便开始小心翼翼地往楼上走去，他和温妮走前面，我们谨慎地踩着楼梯不让它发出吱嘎声。我们做到了。结果我们刚悄无声息地爬上我们所住那层的楼梯平台，情况就发生了：温妮终于开炮了。

而且声音大得惊人。"温妮！"赫伯特嘘道，转身瞪了她一眼，"小声点儿！"我们交换了一下眼神，同时拼命地维持面部表情。但结果是温妮自己把我们给引爆了。她一开始咯咯笑，我们其他人就完全没办法忍住，令赫伯特恼火的是，我们所有人很快便为了不发出响声而弯下腰来，这只能导致一个不可避免的结果：安吉爆笑如雷，然后我们全都笑作一团。

这件事的罪魁祸首的确是安吉的笑声，但可怜的温妮却成了替罪羊。"看看你做的好事，娘们儿！你一点火安吉就放炮！她那个笑声，可以把整个该死的大街上的人都吵醒！"

不消说，我们绝不会主动招供。

如今我们都不指望安吉会笑多少，我们得尽量让她高兴起来。"有个东西管用。"我们经过医院商店的时候尼尔说。他指着一个上面有"祝你早日康复"字样的蓝色氢气球。果不其然，当我们来到病房，安吉一看到它便笑个不停。

"看他拿着那个傻了吧唧的大气球，"他把气球系到她床头边时她说，"你这个疯子，尼尔！"她夸张地抓着胸口说，"你把我给笑死了！"

我不能相信她看上去那么好。是的，她神色倦怠，肯定在经受着痛苦。她甚至还不到三十一岁，刚刚做了个乳房切除术，这是不能逃避的事实。但她的笑声在整个病房里久久回荡，那么具有感染力，很快地，病房里的其他五个女人也跟着我们一起哈哈大笑起来。

"哦，我要是能像她那样就好了！"她隔壁床的女人说，"她总是在笑个不停。你往她喝的水里掺了什么东西吗？"

那天她让我感到那么骄傲。

回首过往，我想也许也是在那天，我第一次懂得了安吉做了一件多么了不起的事。看到她，我现在感觉好多了。把尼尔和黛安娜送回家后，我从马尔克和艾琳那里把孩子们接了回来，我的心情好了很多。我们谁都没料到她那么乐观地接受了手术。尽管我们一致认为一旦开始化疗，她遭受的打击也许会更大一些，但我们还是很高兴她能应付得这么好。

结果比我想象的要好得多。因为过去我几乎不会做饭（我从来都没有这个需要，这是安吉管辖的范畴），猜也猜得到我手忙脚乱了好几天。我知道我妈会帮我做几顿饭，马尔克和艾琳也会，但今天只有我和孩子们，他们都需要人喂饭，我决定给他们做些我不会搞糟的东西。全部做豆子吐司吧，我想。就这么办。

但房子里有三个小男孩，安吉是怎么做到的？我们到家不到几分钟，整个房子便乱成了一片。水槽里我早上放进去的碗碟多到都快要掉出来了；地毯上沾满了泥，那是瑞安和达蒙在花园里跑来跑去带进来的；还有两岁的尼斯，不能进的地方他都会去，所以我后脑勺上还要长眼睛。

在我忙得打转，又是翻豆子，又是看烤面包，又要摆桌子，又是拿饮料这整个过程中，三个孩子还在不停地扯我的裤腿。

"爸爸，我们能吃冰淇淋吗？"

"爸爸，你能给我们讲个故事吗？"

"爸爸，饭做好了吗？"

"爸爸，我饿了。"

"爸爸，我渴了。"

"爸爸，我要去上厕所。"

"爸爸，跟我玩好不好。"

"爸爸，尼斯刚把蔬菜架子上的土豆全给拽下来了！"

"爸——爸！瑞安打我！"

"爸——爸！我搞错了，是达蒙！"

"爸爸！妈妈什么时候回来呀？"

很快，我真心希望。很快。因为我已经快撑不住了。房子里一片混乱，我不知道从哪里下手。有三个小男孩在房子里到处跑，你怎么能开始做任何事呢？就算你的确开始了，又究竟该如何结束？

我充满恐惧，也无比沮丧。接下来的六个小时，我能做的就是不让他们中的任何一个被送去急诊室或把房子给烧了。等到把他们全都送上床，我已经累得浑身散了架，等到终于能坐下来看会儿电视的时候，我立马呼呼大睡。

在矿场一天工作十二个小时似乎不再那么难熬了，反正和这比起来是这样。我真想不通，安吉在做这一切的时候怎么还能笑得起来？

第四章

安吉似乎下定了决心要把我训练成一个大厨，因为几周后（在我接受了几堂令人挫败的扎辫子课之后），她觉得是时候教我烘焙术了。

我确信她之所以这么做并不完全是为了要训练我，因为当她走进客厅时，她目光首先落到的地方便是手提电脑。我知道为什么：因为我正坐在手提电脑前，这已经成了我的习惯，在网上寻找能挽救她生命的方法。现在这占去了我大量时间；任何事都要给它让道。我不再工作了，自从2004年我离开矿场后就没有再工作了，但我总是在忙个不停。照看安吉的父母，搞点儿装修，送我妈去商店，照看孩子们，带他们去公园。还有就是我们的哈里斯[1]鹰还在的时候，去放飞它们。当然了，我还要打理花园。而今年我对花园彻底丧失了兴趣。我会修葺花园前后的草，让它保持整洁，但仅此而已。

我感觉当前只有两件事值得我关注：陪伴安吉，因为我不知

1　英国苏格兰西北部一地区。

道她还剩下多少时间，另一件事就是不放过任何一丝希望。

她看到了我在干什么，我立即感到气氛变得紧张。

"好啦，米尔。"她责备道。看她的表情就知道反对她是不明智的。我知道她讨厌我这么做。我感到愧疚，但甚至是在我关上电脑，站起身跟她走去时，我都知道我停不下来。我不能。

今天是周六，所以房子里充满了噪音、混乱和笑声，如果我尝试，我可以装作我们是一个正常的幸福家庭；没有被恐惧笼罩。

但还好。我们一走进厨房，我的心情就变得轻松了。

今天我们要做几样东西——椰子味馅饼、果酱馅饼和仙女包。它们都是安吉那本现在已经用得超旧的Be-ro食谱中的菜——就是我们刚结婚时她妈妈给她的那本。20世纪70年代，这种菜谱会附在面粉袋上免费赠送，但她却是邮购的，谁会想到到了今天它还这么受欢迎呢？

"哦，米尔，"安吉一给我穿上围裙便哈哈大笑，"亲爱的，你穿上那个看上去挺不错。你这样子要是能被你同事看到该有多好！"孩子们被她的笑声吸引，全都跑进来看发生了什么事，他们一贯如此。他们前前后后，来来回回，在花园里出出进进，疯跑了一整个上午，但他们的爸爸穿着好笑的围裙，笨手笨脚地做馒头，这样的画面实在是让他们难以抗拒。安吉像个军士长一样在发号施令，很快地，最小的五个便全都挤进了厨房，笑个不停的杰克惹得小科里也跟着笑起来。我看到面粉现在弄到了他头上。

孩子们围了过来——他们都把椅子往厨房台面边拖，好让自己站在椅子上，这样就能更好地提供"帮助"了。所有人，除了埃拉，因为她就像她惯常那样趴在安吉的屁股上。首先当然是揉面团，也许感觉到这对我来说有点复杂，安吉把埃拉递给我，自己动手做了这项工作。

"我们总是需要多做些面团，"她一边揉一边对我说，"这样就能给孩子们做些小馅饼了。"

杰德和杰克已经为工具的分配吵得不可开交，而康纳最狡猾，他飞快地直接去拿擀面杖，像个行家里手一样把它从小科里的手里抢了过来。谁能想到一个小小的面团会掀起如此大的兴奋狂澜？

"好了，"安吉说，"这些给你，这些给你……"

不知怎的，那碗面粉和油脂转瞬之间就消失了，取而代之的是一个光滑的面粉团。那是怎么发生的？她从康纳手里拿回擀面杖，这样才能把面团擀成最大的一片，然后将它翻到沾满面粉的工作台上。再来一次，不到几分钟，小甜圆面包烤盘上就摆满了一排排小小的圆面团。尽管努力吸收她"切片、再擀一次和不要挪动太多"这些指令，我还是知道，她几分钟就能搞定的事，换作是我得花上半天工夫。

"好了，"她说。她给我起了个头儿，现在不打算再帮我更多。"接下来就看你的了。你需要两盎司糖，两盎司人造黄油。

把它们放进那个碗里，然后搅成糊。"

我称了称重，把她递给我的配料一样一样放了进去，然后在她查看孩子们捏的面团时，我用她示范给我的方式敲打——这个动作既快又凶猛。不消片刻，我手上就沾满了混合料。也许我总算是学会了。

"任务完成，长官。"我骄傲地报告道。孩子们展开笑颜，咯咯笑起来。

"好，"安吉说，语气依然像军队的高级军官，"现在你需要两盎司的椰子粉和一个鸡蛋。"

我把椰子粉加了进去，从鸡蛋盒子里掏出了一个鸡蛋，但在把蛋加进去前我停住了，我看了看它，然后看了看孩子们。他们嗅到了恶作剧的味道，都停下了手中切割馅饼格子的活儿，接着我看了看安吉，然后又把目光挪回到鸡蛋上。她这会儿正背对着我站在操作台前，查看其中一个菜谱。我又看了看孩子们，慢慢地扬起了眉毛。

"敲！"杰德拍着手喊道，"敲，爸爸！抓住她！"

"对！"其他孩子齐声应和，"敲，爸爸！敲破它！"

听到孩子们的喊叫声，安吉明白了过来，她终于抬起了眼睛，抬头往上看，看到了悬在她脑门上的鸡蛋。"米尔，"她警告道，"我今天早上才洗的头。我看你敢。"

这句话无异于是对一头公牛扬起的红布，更何况现场还有这么多热情的观众呢！我准确地在她头顶上敲破了鸡蛋。

"我会跟你算回来的，"她恨恨地说，蛋黄粘在了她的眼睫毛上，"你给我等着，米尔。我会跟你算账。"

安吉一出院便开始化疗，一周去谢菲尔德两次，而我则待在家里照看孩子们。医院为她提供了一辆车，车子第一次停在我们房子外面时，我们注意到里面已经坐了个年轻女人。后来我们才知道她叫简，也是去接受化疗的，因为她就住在这附近，所以医院用一辆车接送她们两个。

简住在卡德沃斯，距离我们住的地方两英里，她们很快便变得亲密无间起来，这可以理解。然而有一天，大约是安吉接受治疗一个月左右时，那辆车如往常一样来了，但里面却是空的，我们还以为是简没钱接受治疗。然而安吉那天一回来便泣不成声，原来简已经死了。更糟糕的是，她才生完孩子不久。她是在几个月前发现癌症复发的。

这让安吉极度不安，任谁都能想到。几个月后，我们在卡德沃斯墓地给她祖母坟上献花时，她决定去看看能不能找到简的坟墓。这花了一点儿时间，但我们找到了，于是我开车去花店又买了些花来。安吉几乎是一路哭着回家的。

但我们不得不积极乐观，因为现在没有理由不这么做。随着时间一周一周过去，我们回到了每天的生活轨迹，癌症的阴影在我们的生活中变得没有那么大了。我们有正在一天天长大的儿子们，有为我们做后盾的家人，有一切可向往的东西。是的，安吉失去了乳房，但她并没有被它击垮。她甚至都没想去重做一个。

从她做完手术那天起，她在这点上的态度便十分明确。"你怎么看？"她问。那是她做完手术后的第二天，也是我们第一次有机会单独待在病房里，能仔细看看外科医生的手艺。

"不是那么糟糕。"我说，我说的是真心话。我惊讶于医生切得那么干净。

"你确定，米尔？"她问，"你确定不介意看着它？请说实话。"

我说的话永远不会改变。我说我爱她，我喜欢她。我说她就是她，她完美无缺。过去是，将来也是。像她这样就很好。"但如果你想整形做一个，"我对她说，"我也不反对。"

她又看了一眼，把上衣拉了下来，然后做出了决定。"那就这样吧。我不想。既然我不需要，那为什么要再进行一场可恨的手术？毕竟要看它的人只有你。"

于是就这么决定了。我们再没有谈过乳房整形手术。尽管后来事实证明，我不是最后一个看到它的人。在从医院回家的路上，她想去下尼尔家，看看黛安娜。

现在就只剩下了按规定吃药：服用他莫昔芬[1]，要连续服用五年。会诊医师说得很清楚，尽管有许多可以期待的，但有些事绝对不允许。

1　一种抗雌激素，用于治疗妇女乳腺癌或不育症。

"在服药期间绝不能再怀孕，"他对她说，"因为这种药药效很强，会伤害未出生的孩子。所以在这期间，想再要一个孩子是绝对不可以的。"

他的表情似乎表示，既然我们已经有了三个儿子，就再也不要动生孩子的念头了。就我来说，我觉得他是对的。刚受过安吉癌症的惊吓，外加家里有三个到处乱跑的精力充沛的孩子，我们也没有多余的精力了。除此之外，我的全部身心都系在安吉能好起来这个问题上。这意味着她的身体需要休息——不要去孕育另一个小生命。我们很忙：我还在庞蒂弗拉克特矿井做长工时的轮班，安吉在我们家后面的高中从事着一份需要体力的兼职工作。不，我想，我们绝对没有想要更多孩子。

但我不知道安吉的脑子里在想什么。

"米尔，"一天晚上，我们依偎着坐在沙发上放松，我们的三个儿子终于全都上床去睡觉了，"你认为我服完药后，我们能不能考虑再要一个孩子？"

我吓到了——但令我更吃惊的是，我飞快地响应了这个念头。转念一想，我就不那么吃惊了。我自己不就是从一个有八个孩子的大家庭出来的么？五年是段漫长的时间——五年后，小尼斯就七岁了。这个主意不错，我想。这是一个计划。值得期待。是的，这会给我们经济上带来压力，但我们应付得了，我们开销不大。而且，我从来没有拒绝过妻子的任何要求，不管怎么说，在我的能力范围内是没有。她想要更多孩子的念头我更不可能拒绝，她天生就有这个权利。"我们当然可以，"我说，"你知道的。你想要什么都可以，亲爱的。"

"真的吗？"她说，脸被兴奋点亮了，双眼睁得老大。

"真的，"我大笑着表示同意，"你想生多少个都可以。"

但我从来没想到她真的从字面上理解了我的意思。

我想我最为想念的是她的笑。

椰子味馅饼和仙女包以及果酱馅饼现在都在烤箱里了，还有孩子们用碎料做的所有油酥点心，整个楼下都散发着椰子、草莓酱以及蛋糕的香气。厨房里乱七八糟，开始打扫的时候，我不仅能看到在花园里的他们中的每一个，还能听到他们所有人的声音。他们四个还有安吉，他们跑着——大喊大叫，咯咯大笑地玩着追逐游戏，而埃拉·罗斯则坐在她的高脚椅子里吸着果汁，看我打扫。我站在水池前，听着他们所有人在花园里发出的声音，试图想象没有安吉笑声的生活——我无法想象。

自然，她的确在鸡蛋事件上跟我算了回去。她找了一个绝佳时机。她一直等到下午，当蛋糕和馅饼出炉的时候，尼斯下班回来了。孩子们吵闹着要吃，尼斯也不例外，厨房再次变得纤尘不染。她穿着外套走了进来，头发刚洗过。

"我要去看看妈妈和爸爸。"她说，把身子凑过来吻我。

但就在吻我的同时，她从口袋里掏出一个鸡蛋，我甚至还没意识到她手里拿着什么和在干什么，她就已经得逞了。她一个流畅的动作，我便成了那个脸上流着蛋汁的倒霉蛋。

　　"再见！"她喊道，我还来不及用蛋黄糊她的脸，她就逃开了。我还能看到她走在马路上一路哈哈大笑。

第五章

现在已经是五月中旬了，随着白天慢慢变长，我们决定在即将到来的夏季半个学期开始之前，带几个小一点儿的孩子去度假一周。和我们做出这个决定几乎一样快的，是我们做出的另一个决定，那就是我们要去松威客海湾。

松威客海湾对我们来说是个非常特别的地方。它位于夫兰巴洛岬顶部散乱的旅行车停车场，靠近海边小镇布莱德灵顿，在约克郡的东海岸。在我们眼里，那是地球上最美的地方之一。自从四岁起我就去那儿。那是我爸妈第一次带我们去那里度假，我们实在是太喜欢那个地方了，以至于后来每年都要去。

我哥哥莱斯一辈子都没结婚，时至今日还住在我父母的房子里，他和格伦在七十年代中期给全家人买了一辆拖车，我脑子里对它保留着美好的回忆。尤其是我通过驾照考试那年，安吉和我周末会开车去那里找其他家庭成员，我们坐在我的改装版大马力福特卡普利里，感到无比招摇，感到自己终于成熟了。我们每年都会挑个时间去那里小住；有几年我们还一连去了两三次，因为安吉特别喜欢那里，尤其喜欢从悬崖上俯瞰风景。

当然了，假期总要购物。安吉认为我在购买儿童服装方面需要一些指导。

"在购物方面你需要些指导，就这样了，米尔。"我们开车去当地的超市时她对我说。我们今天也要去把我们这周的食物通通买回来，所以我们拟好了购物单，并把埃拉送到了我哥哥格伦那里，格伦喜欢有她陪伴。他比我大几岁，但他像莱斯一样，一辈子都没结婚，也没过孩子，他是我所有哥哥当中从来没当过矿工的。

格伦心地善良，个性敏感，性格非常讨人喜欢。他经年累月地和抑郁症做着斗争，这就是为什么他不能过多工作的原因，但除此之外——也有部分可能是因为这一点，他是如此耐心——他一直都是最好的伯伯。在家里的时候，他一直都是我和安吉的好帮手，总是带孩子们去公园散步或带他们在他的小块菜地里打理蔬菜；因为他一贯不喜欢外出，所以如果我们因为某个特殊场合需要外出一个晚上，他总是很乐意帮我们照看孩子。

我转向安吉，她正坐在那里咧着嘴笑。"厚脸皮！"我反驳她说。因为如果说有什么是她擅长的，那就是购物了。安吉从不开车，所以送她的任务就包在了我身上。作为男人，我知道自己要干什么。和我在艾思达[1]见过的几乎所有男人一样，我的专长就是给安吉推手推车，我要一直把车靠在她右手边，以便她每次

---

1 沃尔玛英国子公司。

从架子上抓起什么东西都能右转身把东西放进去。

这实际上非常有技巧性，我们一把车开进超市停车场，我便立即指出："我推超市手推车的距离足以绕地球转一圈了，"我说，"到如今我都可以推着推车去约克郡了——推车里有没有孩子都可以。"

安吉大笑。她今天似乎很高兴，我知道那是因为我们说好了要去松威客。我也高兴。我们现在有事情可期盼了。"米尔，这不完全是购物，对不对？"她说着翻了个白眼，"你得计划好要做什么吃的，想出你需要什么，知道要买什么，记住家里什么吃完了，看看特价优惠的有什么，想想你是否用得上。这才是购物。"

当然了，她是对的。当你有像我们这么多的孩子，手头又那么紧张——我们一直都这样，尤其是自从我停止工作后——这便成了一个特别考验人的任务。我跟在她身后走进超市时，心头涌起一阵阵恐惧，我意识到前面有个多么艰巨的任务在等着我。

这将是一项浩大的任务，傻子也会想得到。我是个人。我们一直按照传统的方式经营着我们的小家庭。这意味着我们俩都有我们一直从事的具体分工。我擅长装修、园艺、开车送年迈的亲戚去医院、跑腿儿、帮病人拿处方、挖坑、疏通管道、抱沉重的孩子、修理脚踏车和滑板、提东西、保持坚强、做兔棚（更别提为家养的宠物鸟做鸟舍了）、钻孔（尤其是给东西打眼）和清洗。

但面对这么多东西你要从哪儿入手？到这里来看看或挑选一两样东西是一回事，但这是我头一次得真正停下来，考虑安吉在买东西和放弃她不买的东西之前要做的决定。

　　"生鲜，"我们经过奶油、牛奶和黄油区时她对我说，"在买任何不能保存太久的东西之前都要好好想想，因为如果你买太多，最后就会丢掉。试着去想哪些东西能保存，否则你就会不停地要来买东西了。"她微笑着说，"那么新鲜感就会慢慢消退，米尔，相信我。很快就会。"

　　我感觉受到了冒犯。"我每周都陪你来，不是吗？"我争辩道。

　　安吉用不赞成的眼神看了我一眼，然后就来买食物和不得不一直思考食物之间的区别做了一番简短的演讲——吃什么、怎么做、该买什么来做——一周又一周，循环往复。

　　也不光是食物。也关乎其他所有事情。此刻我们在洗涤用品过道，我意识到我不知道从哪里开始。洗涤剂各式各样，五颜六色。为什么有些人洗衣服用小袋的亮闪闪的洗衣液，而其他人则把如同矮茶几一般大小的洗衣液盒搬回家？衣物柔顺剂究竟是干什么用的？还有我记得某天安吉告诉过我，为什么所有衣物上都可以用，而唯独毛巾不行。

　　对我在这方面进行教育显然将是一个重点。当我们朝服装区走去时，我发现没有什么地方比这里让我对自己的认识更清楚的了。我几乎没有给孩子们买衣服的经验。我从来都不需要。安吉每周都和她妈妈去巴恩斯利给孩子买衣服，她们这个习惯已经保持了好几年。这也是为什么安吉为有两个女儿而感到如此兴奋的原因之一，这样一来她就能和她们一起去购物了，就像她妈妈和她一直以来的那样。这是跳进我脑子里的一个可怕的念头，我真希望我没有往这方面想。杰德现在只有八岁，我不能忍受去想她面前那些没有妈妈陪伴去购物的岁月。还有小埃拉——她甚至永远都不会知道那是什么滋味。这是如此不公平。

我看着安吉，她就在我前面，看着她在一排排颜色鲜艳的夏季童装间穿梭，我好奇她在想什么。她在想的和我在想的一样吗？她在想这也许是她要度过的最后一个夏天？天哪，我希望不是。

我试图把自己的思绪拉回到衣服架子上，然而还没来得及，她便转过身来逮住了我的眼神。

接着她又把身子转了回去。"对，"她说，"我们也许需要给他们所有人买几套短裤和T恤。噢，还有去海滩穿的新塑料凉鞋。你去男童区那边看看你能为杰克和科里挑到什么，我去看看我能为女儿们找到些什么，怎么样？"她咧嘴笑望着我，"那对你来说不会太复杂，对不对？"

她语带讽刺，她有理由。因为她仅有的几次安排我为孩子们中的任何一个准备什么东西，我从来就没有干好过。按照逻辑，我总是根据标签上的年龄来挑选，安吉则不需要；她总是看看就知道，但我没有一次按照标签挑到过正确的尺码，尽管我们孩子的体型不像是都不正常。

我记得有一次我为我们即将开始的某次假期给康纳挑选了一件漂亮的米老鼠T恤。他当时可能是四岁，他喜欢米老鼠，所以我想这件T恤对他来说是完美的选择。但当我回到家把衣服给安吉看时，她当即爆发出一阵大笑："噢，米尔，那是睡衣的上衣，你个疯子！"

有许多事情我都需要学习。我只祈祷我有足够的时间来学。

我们的杰克罗素梗——潘妮，在安吉生病之前死了，所以在她的病情好转之后，我所做的第一件事便是去给她买条新的小狗。我们都想念潘妮。我们是在1985年买的它，在我们新婚后搬到我们在沙福通的第一个家才几个月的时候。当时潘妮在格里姆索普生活，它的主人对她很冷漠。每次我们回家去拜访我们双方父母一方时，都会看到它独自在大街上游荡。

"你知道我们该干什么吗？"一次我们经过，潘妮慢慢走过来，希望得到爱抚，这时安吉说，"我们应该问问他愿不愿意把它送给我们。他现在显然不想要它，对不对？"

我不确定。人们对自己的动物容易变得防备，然而对待那些动物的是他们。但安吉下定了决心。正如她所言，问一问我们又不会有什么损失，不是吗？令我吃惊的是，那个男人太乐于成全了；他说他只是再没有时间来照顾它。

潘妮是条很棒的小狗，性格极其温和，从不介意我的儿子们拖着它到处走，男孩子们喜欢这样。我想我们从来没有听到它咆哮过。而现在，安吉的苦刑终于完结，似乎是找条狗来代替潘妮的绝佳时机。这将成为一个新的关注点——家里的一个新成员，安吉一直都说她最爱的是小达克斯猎犬，于是我去当地一个饲养员那里给她找了一条。

安吉给它取名叫波比，它也很小。我们得到它的时候它才几周大，我确定那些臭小子们把它累坏了——尤其是两岁大的小尼斯。所以它也是一条性格温和的狗。尼斯会做那种典型的幼童会做的事，那就是一直试图把它抱起来。然后，等到他做到了，他又会做另一件幼童会做的事，它一扭动身子便把它放下，而且是头朝下。

生活又变得美好起来，我们很快便回到了正常的家庭模式，我到矿井下辛苦工作，而安吉则负责照看儿子们，经营我们的小家庭。不知怎么一晃几年就过去了，时间到了1998年春，安吉五年之约的神奇日子。她一个月前去医院进行了扫描和一些血液检查，今天有另一个预约，要去肿瘤专家那里取检查结果，看看能不能停止服用他莫昔芬。

坐在粉刷成乳白色的狭窄办公室里，我紧张到不行，然而在我肌肉绷紧、焦虑不安时，安吉却很平静。不过她直奔主题，所以也许她并不是那么平静。

"结果怎么样？"她说。我觉得多一分钟她都不能忍受。

"你的病情有缓解。"肿瘤专家说。我们都如释重负地松了口气，尽管我甚至都没意识到自己之前屏住了呼吸。他笑了。"所以我可以很高兴地告诉你们，你不用服药了，你完全有理由长久地活着，度过幸福的一生。"

所以就是这样了。感觉就像我们从某种监禁中被释放了出来。虽然口头上不说，但那种感觉总在那里挥之不去，在我们心底。

安吉高兴得笑开了花，那天她看起来是那么开心。我也是这么对她说的。

"啊，但你知道真正能让我开心的是什么？"我们穿过医院停车场、钻进车里时她咯咯笑道。

"说吧，"我说，"什么能让你真正开心？"

"试着再生个孩子，"她立即答道，"马上。"

"哇！"我说。我现在也笑得像花儿一样。我看上去肯定像一只动不动就露出牙齿傻笑的柴郡猫[1]。但就算是这样，我还是摇头拒绝了。"我想我们至少得等回到家后，安吉，对不对？如果我们在这里试，会被人看见的。"

安吉夸张地叹了口气："噢，米尔。你真是太扫兴了！"说完她又爆发出她特有的大笑，然后在回家的路上，她断断续续地笑了一路。我们回家也花了些时间。首先我们在她哥哥尼尔家逗留了一会儿，好让她把这个好消息告诉他，接着是她爸妈家，最

1　源自卡罗尔所著童话《艾丽丝漫游奇境记》。

后是我妈家，在那里我们按要求待了半个小时。这是规定：去拜访我妈必须得喝杯茶才能走。你一进门茶壶就放上了，所有的杯子都从架子上拿下来准备好。在我们走回家的最后那几步路，我感觉整个人都是在飘着的。安吉没事了。苦难结束了。现在我们能继续生活了。这是一个难忘的日子。

我向她承诺过我们会试着再要个孩子。我们没有食言——我们尝试得非常卖力——然后在1999年的6月，安吉生下了我们的第四个儿子。我们叫他康纳。他是个块头很大的婴儿——有九磅重，尽管安吉瘦得可怜。他不仅重也很结实，这都没关系，因为他的三个哥哥都很乐于照看他。尽管外科医生切除了安吉的左侧乳房，但她依然设法用母乳喂养。这让我为她感到无比自豪。

我以为又生了个儿子，她也许很失望，但实际上她没有。有四个护花使者跟在身后保护她，让她颇为自得，"除此之外，"她玩笑道，"这下我又有了个好借口，对不对？再生一个！"

于是我们真的又试了一次。这次我们一下子得到了两个。

第六章

打包行李去度假是一门艺术还是一门科学？时值五月末，我们要去度假，我的下一门课虽没有扎辫子那么烦人，却也暴露了我生活常识方面的另一个漏洞。

然而谈到漏洞，如果你是在打包行李，那要说补洞更适合：究竟怎么样才能把所有东西都放进去？我们有这么多孩子，尤其是科里和埃拉都很小，要带的东西太多了。例如寝具，我绝不会想得到。我感觉它们就像我从来没有考虑过的四十七种不同种类的"必需品"，总是刚刚"出现"。驱蚊液和皮疹膏。药膏和指甲剪。绘本。晕船药。埃拉的柔舒毯。康纳的学校作业。科里的玩具总动员里的人偶。杰克的任天堂游戏机。杰德的溜冰鞋。想想看，我还以为我能把一切东西都塞进车里，是一种更高级、更具男子汉气概的天赋呢！

等到终于把行李打包好了，还有接下来的任务在等着我。我站在房子外的马路中间，身边堆满了各种各样的箱子和包裹还有盒子。与此同时，安吉回屋帮埃拉换衣服去了，她还要确保所有孩子在我们动身前解决完大小便问题。

"爸——爸？"康纳问，我太熟悉他那个调调了，他一用那种声音就表示他有求于我。

"康——纳，"我答道，试着把最后那点儿零碎东西给硬塞进去，"说吧。你想干吗？"

他绕到我们租来的客车这边，开始帮忙把最后几个零散的手提袋拿起来递给我。"我只是在想，"他说，"我能把手提电脑带去吗？"

他指的是我们给孩子们共用的那台旧手提电脑。我们有这么多孩子，所以它的使用频率很高。

"不，你不能，亲爱的。"是安吉的声音。我甚至没有发现她已经出来了。

"噢，但是妈妈，"康纳争辩道，转过身来，"那我的作业怎么办？"

她眯起眼睛，一边把埃拉绑到她的婴儿座椅上。"你为什么要用手提电脑来完成作业呢，宝贝儿？"

康纳生气地噘起嘴。"我做作业的时候也许要查资料，不是吗？"

安吉的眼睛眯得更细了。"嗯，"她说，"我还是头一次听说需要这么查资料的。依我所见，是写完作业而不是查完作业。除此之外，"她说，"就算你真的需要查什么东西，我们一回到家你有的是时间。"

我停下了手中的活儿。"你确定吗，亲爱的？如果他需要，这里还能放得下，而且——"

"米尔，他不需要。康纳，我非常清楚你为什么想带手提电脑。这样一来你就能上Facebook或MSN什么的了，跟伙伴们聊天，对不对？"

康纳没有否定，似乎证实了她的说法，她摇了摇头。"不能带手提电脑，"她坚定地说，把最后几条毛巾和茶巾[1]递给我，"这是我们的家庭假日。是我们共同度过、一起找乐子的时间。我们要去松威客海湾，我们要逃到世外桃源去休息片刻，好吗？"她甚至都没朝我这边瞟一眼，但我知道她这番话其实是对我说的。

松威客海湾是这世界上我们最喜欢的地方之一，所以当我们把所有东西都差不多装上车时，孩子们都有点儿亢奋和兴奋过头，这丝毫不奇怪。我也一样。我等不及到达那里，我知道安吉也不例外。就好像我们开车通过入口看到海的那一刻，我们所有的担忧都会烟消云散一般。它从来没有让人失望过。我现在脑子里在快进，想着我们什么时候能到达，最终放松一下；想着什么时候孩子们能自己玩儿，我们能坐下，在开始拆包行李之前来一杯迫切需要的茶。

我们每次都会订同一家度假小屋——第十号。它位置绝佳，

1　擦拭茶具、餐具等用的。

可以眺望广阔的儿童游乐场，这样孩子们玩的时候我们就能留意那几个小的了。话说，要拆包就得先打包，可现在突然冒出来几样新东西，收拾也要些时间。好像我们每去一次，他们想要我装进去的东西就更多。尽管我租了这辆宽敞的客车，但要想把它们全都装进去也挺困难的。我心里暗暗想着，我得想办法买一辆比我们现在的车更大的车才行，比如我们之前用的那辆旧三菱汽车，它的发动机坏了。之后，我放弃了购买一辆昂贵的七人座车的念头，只买了一辆耐用的普通车，然后在极少数有需要的情况下租客车用。

考虑车子的选择让人感觉太过遥远，因为它让我想起了未来，未来不堪想象。我需要把思绪坚定地固定在当下。

"你知道吗？"我微笑着对安吉说，想摆脱那个念头。我正在想办法为杰德的玩具婴儿车挤出点空间，这很棘手。"我不知道我干吗不干脆租辆卡车，这样什么都搞定了！"

"这个主意妙极了，"安吉表示赞同，"我一直梦想着自己能坐在一辆大卡车里长途旅行。我们可以租辆有无线电台、驾驶室后面有张小床那样的。"

"还要有台小电视，"康纳插嘴道，他正把他的滑板递给我，"我在电视上看到过那个。他们把车子做得像个小房间。"

但没有手提电脑，我想。不适合我们。安吉是对的。我们此行是为了逃避现实。我把滑板放了进去，容许自己为自己的成就小小陶醉了一番。也许有许多事情是我们力不能及的，但至少这个是我能做的。但在我设法把最后一样东西——杰克珍贵的儿童踏板车塞进去时，我发现自己被另一个可怕的念头所吞噬：等安吉的人和东西都不在的时候，多余的空间就有了。

摆脱这样的念头变得越来越困难。看着她这会儿正把孩子们放进他们的座位里，我告诫自己不要胡思乱想。我们还有许多时间待在一起。安吉目前很好。还有化疗可供我们选择。活在当下就好。

问题是，当我沿着小路往回走去锁房门时，我想，当下过得太快了。

那天，安吉一阵一阵地跟我讲着，要是能生一对儿双胞胎该有多好啊。那是2002年的春天，我们发现她再次怀孕了，想到家里又将迎来一个新生命，她乐坏了。现在瑞安和达蒙上高中了，尼斯刚上完小学，而小康纳马上就要三岁了。

生活繁忙。我还是按照复杂的八小时和十二小时轮班制在庞蒂弗拉克特矿场开掘进机。上夜班是最令人头痛的，因为我得在下午五点出发，六点开始上班，然后一直工作到第二天凌晨五点，大约七点才能到家，这个时候家里的其他人正在起床。

接下来我也没得睡：我得帮安吉把大一点的孩子送去学校，这样就省了她带着小康纳走路去。然后我才能躺下来睡约三个小时，运气好的话能睡四个小时，然后在安吉去上班前和她一起吃点儿午餐。接着我要带着康纳把孩子们从学校里接回来，然后格伦会神不知鬼不觉地过来帮忙照看我的孩子们，直到安吉回家，我则动身去上下一个轮班！

这有点儿像一种军事训练，许多家庭都大同小异。回忆过去，我才发现这种过日子的方法其实相当复杂。但多亏了我们家人好心帮忙——尤其是我哥哥格伦——我们才能像别人一样勉强维持。

不过今天不错。我的轮班相对正常。因为今天我们开掘的隧道浸了相当多水，所以我能早点儿完工。更好的是，我一打开后门就闻到了咖喱的香味。这一天到目前为止都相当美好。而且还会变得更好。安吉在厨房里，康纳在她身边的地板上玩耍，当她转身迎接我时，她笑得合不拢嘴。

"怎么了？"我满腹狐疑地问。但她一准备开口告诉我，就又哈哈大笑起来，不得不再次停下。

"什么把你乐成这样？亲爱的。"我迷惑不解地问，"说吧，什么这么好笑？"

"噢，米尔，"她说，再次镇定下来，"你绝不会相信。我自己都很难相信。"

"相信什么？"我说，到这时候我还不知道她在说什么。我早上五点就出门了，那时候她还没起床，我完全把今天医院的预约忘得一干二净。直到她从手提包里拿出什么东西，我才想起她上午去过医院，但我依然想不出她为什么激动成这样。

"坐下。"她命令道。她现在手里拿着什么东西。

"坐下？为什么？"我朝炉灶瞟了一眼，"晚餐还没准备好对不对？"

她给我拉出一把椅子。"是的，坐下，米尔。你看到这个后就需要坐下了！"

她现在把那张纸递给了我，我把它拿在手里，立即看出这是一张超声波扫描图。就我来看，它和其他的扫描图没有什么两样。

"惊喜吧！"她指着图上两个小小的心脏说，然后又爆发出惊天动地的笑声。

我目瞪口呆地望着，这才意识到我看到的是什么。因为不太敢相信，我又看了看好确定一下。她是在和我开玩笑？她素来是个喜欢开这种玩笑的人。

"不可能。"我说。

"米尔，是真的，"她说，"是双胞胎，肯定的！难道不令人兴奋吗？噢，米尔，你能想象得到吗？"她比画了一下，"想象同时怀抱着两个孩子？噢，如果他们性别相同，我就能给他们穿同样的衣服，那是毋庸置疑的，而且——"

"打住，"我说，"我脑子还没转过来呢。双胞胎？"

"噢，也不是那么意外，想想看，米尔。想想我们家的琳达。她不就生了一对双胞胎吗？"琳达是安吉的堂姐，她说得没错。她的确生了一对双胞胎。哇哦，我边想边消化这个消息。我们真的要有一对双胞胎了。

等我真正明白过来后，感觉相当不错。我张开双臂伸到头顶，好消除背部的酸痛。"嘿，安吉，"我说，"我真是老当益壮啊。现在我能一下子弄出两个了！"

安吉一边抱起康纳一边大笑。"听听你爸说什么，"她说，"他把自己当超级种马了！如果你不介意，我不妨告诉你，你没那么厉害，你会发现弄出他们的是我。"

如果说我们当时很兴奋，那没有什么比我们在安吉下一次去做B超时更开心了。那是在第二十周，康纳刚过完第三个生日，这一次，因为我的班次安排，我能亲自送她去。

去医院的一路上，安吉就像一瓶不停冒泡的甜味汽水，医生几乎还没把门关上，她就跳到了超声监测仪旁边的床上。

"快了，米尔，"她说，我在床边的椅子上坐下时，她抓住了我的手。"我们就要知道了。噢，我太兴奋了，是真的！"她转向正忙着往她肚子上弯弯扭扭地涂凝胶的医生，"我们想知道胎儿性别，"安吉说，"我告诉过你吗？我们非常想知道。我们已经有四个儿子了，你懂的，所以我们希望这次能生一个女儿。我肚子里有两个，这种可能性会大些。"

医生笑了。她是个可人的年轻女子，一头黑发，笑容明媚。"好吧，"她说着在机器旁坐下了，"让我们看看你们能否如愿，好不好？"她咧嘴笑了，"我自己也有三个姑娘了，够多吧？"然后她转向我："我敢说你也会喜欢小女孩的，对不对？

你肯定会把她们宠坏，我敢打赌。爸爸们都这样。"

她说的一点没错。作为一个有着八个孩子的家庭中唯一一个女孩，我妹妹完全被宠坏了。

"那么，让我们看看，怎么样？"医生说，"开始了。"她拿着检测棒在安吉的肚子上移动，我们能看到图片在不停地成型和改变。"啊，"她终于说，按住一个按钮把屏幕定住。然后她指给我们看。"嗯……这个肯定是个男孩，"她告诉我们，"让我们看看他是否有个双胞胎妹妹。"

她第二次按住了按钮，随着图片开始改变，我感到安吉抓在我手上的手略紧了紧。我知道，如果这次没怀上女儿也不会到世界末日。显然，拥有一个小女孩对我们俩来说，就好比蛋糕上的糖霜，但如果结果证实这次她又怀了两个男孩，那就这样了。我知道她还是会全身心地爱着他们。但我也知道她有多想要个女儿，所以我交叉空闲的手指暗自祈祷。

"啊，"医生又说，"这里……是的，我想是的。"她把检测棒挪来挪去，好看得清楚一些。然后她咧嘴冲我们笑了。"看上去你得偿所愿了，"她说，"因为这个铁定是个女孩。"

安吉一听到她的话立马双眼泛泪，她是那么开心。"噢，女儿，米尔！"她啜泣道，"我们终于要有个女儿了！我等不及回家告诉妈妈。"

于是我们一从医院回来，她就去把这个消息告诉了她妈。那天晚上余下的时间，她张口闭口谈的全是这个。她要和女儿干什么，她要教会她什么，她要给她穿什么漂亮衣服。

"不光是我，米尔，"那天晚上，我们一把儿子们送上床她便说，"想想看，我们的愿望实现了。你将会有个女儿。某一天你将要陪着她走上教堂的通道。"

那是一段激动人心的时光，也是繁忙的时光。过不了几周，我们家里将会有六个孩子到处跑了，所以我们还要做许多准备。抽屉里再一次装满了新童装，但这次，因为我们已有的男孩子的东西多到都足以开家商店了，所以安吉和她妈去买回来的几乎都是有褶边的、女孩子气十足的粉红色衣服。

杰克和杰德在2002年11月一个寒冷的日子降生了，我们一家人从来没有这么开心过。是的，我们的经济前所未有地紧张，但不管怎样，我们不喜欢出去花钱。再没有什么比周六晚上一家人围坐在一起吃一份中餐外卖让安吉更高兴了。孩子们都穿着睡衣，而她则两条手臂里各抱着一个孩子，眼睛紧盯着她喜欢的《流行偶像》或《X因素》[1]，她甚至还设法用母乳喂养他们。而我，只要她开心我就开心。为什么不呢？现在我们拥有了我们想要的一切。

但乐极真会生悲吗？命运是不是在等着考验我们？我不知道，不过谜底很快就会揭晓。

1　都是选秀节目。

第七章

那是2004年3月一天的子夜一点，我早上六点有个班次。这个时间突然醒过来实在不是时候。但情况就是这样：我突然睡意全无，并有一种说不出的奇怪感觉。我躺着不动，听到安吉在我身边发出轻柔的呼吸。除此之外，房子里一片宁静，也一片漆黑。唯一和我做伴的是我闹钟的电子屏幕上发出的微光，闹钟定时四点半提醒我出发。

尽管我上的班次很不规律，但我一向睡眠很好，我是那种头一沾枕头便能立马睡着的人。但今晚不知什么原因，我就是再也睡不着了。我试着去想到底是什么把我弄醒的。是不是我在潜意识里有什么忧心的事？我的感觉实在太奇怪了。我只有在上完晚班后才会出现入睡困难的问题：当世间万物都苏醒过来的时候，任谁都不容易睡着。但情况不是那样，我不知道为什么我感到那么烦躁不安。

就在我无数次翻身想要舒服一点儿的时候，我突然感到一种尖锐的刺痛在我脑子里炸开了。那是一种我之前从来没有感受过的痛。就好像有人用手掌在我的额头上拍了一下。我之前犯过头痛——最近有几次。但我一直以为那是偏头痛。那几次的感觉很难受，但不像这样。

我心生恐惧，试着用力坐起来，但这只让刺穿我大脑的疼痛加剧。接着，我感到一阵强烈的恶心突如其来。我知道我要吐了，我挣扎着下床，但我控制不了。我一个前倾，吐得满卧室地板都是。

我感觉到安吉在我身旁开始扭动，便试着小心翼翼把双腿转过来。她睡眠很浅，妈妈们通常都这样。仅几秒钟她便坐了起来，查看出了什么事。"米尔？"她说着揭开被子，"发生什么事了？"但我连回答的力气都没有。我精神涣散，在黑暗中头晕目眩，分不清东南西北。我头痛欲裂，无法思考。我要动——是的，我要。我得去卫生间。但当我试着站起来时，双腿却无力地打弯。

安吉现在站了起来，绕过床跑去把门完全拉开了。受到呕吐物的刺激，我又想吐。"瑞安！"她大喊，灯光从楼梯平台上照了进来。"瑞安！起来！过来帮我！"

我现在只隐约感觉到自己周围的喧嚣：瑞安砰地冲了进来；安吉叫他照顾我，自己则飞快地跑下楼去叫救护车。然后我感觉被推来推去，因为他俩都在费力地给我穿衣服。我现在甚至自己都动不了。疼痛压倒了我。我究竟是怎么了？我吓坏了。

去巴恩斯利地区医院的路上我失去了知觉。我能回想起来的第一件事是看到头顶上明亮的灯光和闻到一种新的气味，是病房的气味，刺激着我的鼻孔。

还有说话声。是一个医生。

"米尔索普先生？"他说，"你能听到我的声音吗？我们给你做过了扫描，你得了脑出血，所以我们要把你转到谢菲尔德的赫莱姆肖尔医院。好吗？"

我想点头，但做不到。面前的一切似乎在游动。我唯一能清楚听到的是安吉的哭泣声。

我第二次醒来时已经换了一个地方，我正躺在行进中的担架车上。我知道我在动，因为我头顶上有带状的荧光灯。安吉再一次陪在我身边，我能听到她在轻声啜泣。她抓着我的手，在我身边迈着步子，泪如雨下。有几个人陪着我们——我看到了我哥哥马尔克和我嫂子艾琳。还有另一位医生，他开始用低低的、急促的语气对我讲话。现在我们停了下来，我周围一派忙碌。

"米尔索普先生。"他说。他穿着消毒服，是名外科医生。"我们将不得不给你做手术。否则你很有可能会在十二个小时内死亡。"

我不太能明白他在对我说什么。我感到安吉捏紧了我的手。

"所以，"他问道，"你觉得能在同意书上签字吗？"

我点点头。要不我还能怎么样呢？但首先，他解释道，他需要让我明白其中的风险。他很坦白。"你有百分之三十的希望完全康复，"他缓缓告诉我，"但也有百分之三十的可能性死在手术中。最后，你在手术中存活，但会留下脑损伤的可能性也是百分之三十。"他顿了顿好让我消化，"你明白吗？"

数学不是我的强项，但这些数字并不那么难懂。我要么会死要么可能会死要么会成为植物人。另一方面，我也可能没事。我们走过霉运。我记得有人安慰我，想起来就像是昨天。我们显然已经走过霉运。"别担心。"我对安吉说，她站在那里，哭得撕心裂肺。"我会没事的，我知道我会。"

我接过钢笔，签了同意书，我的手无力地颤抖着，一签完字安吉便亲了亲我的脸颊，然后他们便把我推进了手术室。门关上的时候我还能听到安吉的哭声。

手术室是另一番忙碌。我看到外科医生和他的助手们将各种线管粘到我身上，还有麻醉师—— 一个女人，走过来站在我身边。"好的，伊恩，"她对我说，将一管清澈的液体注入他们扎在我手上的插管里。"我现在要让你睡着，好吗？"

我记得我四下里看了看，把一切看在眼里，想着不知道自己还能不能看到安吉和孩子们，还是说这个装满了嘟嘟叫的机器和闪光灯的灯光明亮的房间将会是留在我脑海里的最后画面？我的胜算显然不大。

没有神祇给我们计算得分。这点很清楚。但当我从手术中醒过来时，我感觉自己是活着的最幸运的人，因为好像运气站在了我这边：首先映入眼帘的是安吉。我醒过来了，还活着。她坐在紧挨着我的一把椅子上，还有马尔克和艾琳。

"你会康复的，米尔，"这是她开口对我说的第一句话，"手术很顺利。"

接着她把身子探过来亲了亲我，露出她那美丽的微笑。"谢谢上帝，"她轻声说，"我原本以为我会失去你。"

我想把目光集中到她身上，但我只能从一只眼睛往外看。不过她的话我都听得懂。我能看见她。我活下来了。

"你在重症监护室。"她解释道。我打量着新环境，奇怪的床铺，许多监测器，似乎我身体的每一部分都连着管子。安吉跟我讲过的那名微笑着的男护士正在照顾我。

"我的眼睛……"我说，"它——"

安吉把一只手放在我眼睛上。"它只是肿了，"她向我解释，"因为手术。你的眼睛没有问题。"

我好像没事了。我能听得懂话，能理解安吉对我说的一切。这意味着，至少到目前为止，我的脑子运行正常，尽管我的脸感觉又大又长，像个南瓜。

我意识到我哥哥巴里也在，就坐在我的另一边。当时是白天。下午。时钟上显示两点。我的哥哥在那里，对我咧着嘴笑。不是哭，而是笑。他指着我的头，他能看到我的头，而我显然看不到，我不知道的是那里有一条金属丝从我的头顶一直连到我的耳后。

"我看到他们在你头上安了一条拉链，兄弟，"他嗤嗤笑道，"看起来就像《星球大战》中的那个玩意儿，真的很像，小伙子！"

那天手术后我感觉很好，实际上好得不得了。他们终于允许我吃早餐了：一盘香肠、鸡蛋和豆子。我尽情地吃，我饿极了，但好像有什么不对劲。不知为什么，我似乎感觉不到食物的味道。太好了，我记得自己当时这么想。我首先想到这是因为我得了流感的缘故。因为我不光是闻不到气味，我还感到鼻子堵住了，每当我想呼气的时候都会有血流出来。

但我没有考虑那么多，我有更重要的事要思考。比如康复和回家。但那天晚上同样的情况再次发生。安吉和马尔克来探望我时，我的晚餐来了，是焖牛肉和面条。

"看上去很好吃，真的。"安吉说。

"是啊，的确不错，"我深表赞同，然后嗅了嗅，"我只希望能尝到它的味道。难道是我有幸挨过了脑部手术，却留下了后遗症？"

然而这一次我依然没有多想，没有去多想我有了个后遗症，我闻不到东西的气味。直到几天后早上洗澡的时候，我猛然想到也许不光是这样。安吉把所有东西都给我拿进来了，包括我的须后水——乔普牌，她最喜欢的——我擦干身体后洒了些到脸上，再一次，我什么气味都没闻到，实际上我还往手里倒了些。我掬起手，把它举到面前，凑得非常近。但结果还是像闻食物一样。我什么都闻不到。一点气味都没有。这很奇怪。就算感冒了，气味这么浓烈的东西我也该能闻得到，对不对？我的鼻子肯定出了问题。

我决定在那天上午晚些时候会诊医生过来查房时问他。

"啊，"他直截了当地说，"恐怕那是手术造成的。"

他继续解释，因为出血的地方在我的大脑底部，他们不得不动手术把大脑抬起来才能接触和剪掉动脉瘤，这意味着我的嗅觉神经被破坏了。

"我的嗅觉能恢复吗？"我问。

"恐怕不能，"他说，"那些神经长不回来。"

于是就这样了。我过了好一会儿才明白过来。我的余生将要在没有嗅觉中度过。

然而对此，不出我所料，安吉很是积极乐观。那天晚上她过来看我的时候，我尽量做出一副勇敢的样子，但很失败，她则坚持让我看到好的一面。在很有可能挂掉的情况下，我活下来了。我还能活在世上看到我的孩子们长大，这已经是不幸中的万幸了。

"我想到了一点，米尔，"她说，然后笑得合不拢嘴，"想想看，你将会发现给孩子换尿布要容易多了！"

安吉当然是对的。能活着我就应该心存感激了。但我得在医院里待一整个月，时间漫长得像是一辈子。安吉建议过，不把孩子们带到病房来会更好，所以那是一段孤独的时光。尽管白天有安吉和其他家人来看我，但时间变得没完没了，日子似乎没有尽头。我被困在床上，所以也做不了什么来打破这种单调的生活。下床太久，被某个护士逮着狠狠地训一顿，反倒成了唯一能给我带来些许刺激的事。

当出院的日子日益临近时，我开始每天数着日子，像牢房里的囚犯一样在脑子里把日子一天一天地划掉。我等不及回家，并下定决心没有什么能阻止我。所以在出院的前几天，当走路时我发现自己屁股痛时，我缄口不言。不管怎么样，也许没有什么。我一向身体很好，所以最有可能是我被逼在床上躺太久而造成的小麻烦。但几乎一回到家，我便知道情况也许更严重。随着这一天慢慢过去，疼痛也在蔓延，疼得那么厉害，到了晚上睡觉的时间，我几乎动都动不了了。

"要上去睡吗？"安吉看完电视问我想不想睡。

我摇摇头。那一刻，从沙发上下来对我来说是不能想象的事情。"我想，我就在下面这里睡好了。"我对她说，"去吧。你上楼去睡。我翻来覆去只会吵得你睡不着。"

"为什么？"她打探道，"你没事吧，米尔？"

"我很好，"我说，回避她的问话，"去吧。上去睡。好好睡一觉。"

我没有睡着。整个晚上我都在痛苦中度过。现在只要挪动身体的任何一部分，我都会痛得叫出声来。我究竟是怎么了才会这样？我又脑出血了吗？我又一次吓坏了，当安吉下楼来查看我是否安好的时候，我再也装不下去了。

"我很痛苦，"我向安吉坦白，"身体的每一部分都痛。"

安吉没有浪费时间和我废话。她直接去打电话叫了救护车。接着格伦匆匆赶来帮瑞安照看小家伙们，我们俩径直去了医院。

安吉是和我一起坐救护车来的，马尔克和艾琳开他们自己的车跟在后面，我们赶到医院时我哥哥巴里也赶到了。我简直不敢相信我有多难受。我真的以为我要死了。如果不是有什么威胁生命的危险，怎么会感觉那么难受呢？此刻我感到更难受。

结果证明我是对的。我的确有性命之虞。他们给我做了腰椎穿刺，不到一小时他们就有了结论。我可能患上了致命的手术后脑膜炎，需要被送回皇家赫莱姆肖尔医院。所以在那天晚上十点，静脉注射了几种药物后，我又被送回了昨天早上我离开的那家医院。

我记得那天晚上的一名护士。我记得自己坦白地问她我是不是要死了。我也记得她可怕的回答："我们会竭尽所能。"

他们想让我在医院再待三周——我在医院是这样度过的：每天要躺在床上接受三次输液，一次大约一个小时，注射的是抗生素——他们之前就本该给我注射抗生素的。再次与死神擦肩而过，尤其是在和上次间隔那么短的情况下，这对我来说是个信号：需要在医院待多久就得待多久。但日子实在难熬。到现在我已经一个多月没见到我的孩子们了，我脑子里只有一个念头：我想回家，做个正常人。

我很高兴，在我的死缠烂打下，医护人员总算同意让我回家，由本区一名护士给我打针。可我刚回到家，我们就又遭受了一场精神创伤。一天，我正坐在家里等那名护士过来，安吉不经意往外瞅了一眼，却意外发现我们的小达克斯猎犬波比躺在车道上，身边是一摊血。"快点儿，米尔，"她说着冲了进来，"出来。波比在流血。"我赶到外面，发现波比出血的地方是在臀部，显然伤得很重。

安吉不会开车，而我现在还不能出门，于是安吉跑进屋子拿了条毯子把波比包了起来。我给我哥哥马尔克打电话，问他能不能帮我们把波比送去看兽医。后来是他和特里送波比去的，与此同时，护士来给我打了针，她们刚离开，马尔克就打来电话告诉我说，兽医给波比做了X光，波比患了癌症，最仁慈的做法是给它安乐死。

安吉伤心不已。她爱波比，她把它当自己的孩子。我永远不会忘记她看到马尔克手里拿着波比的小项圈从特里的车上下来时脸上的表情。

回家的感觉真好，随着时间一周周过去，我慢慢恢复了过来，我开始意识到我的损失有多大。我失去的不光是我的嗅觉，这是我不得不接受的事实。而且似乎我也得接受我不能再去工作的事实。这不全是因为我的脑出血。我一做完手术，会诊医生就告诉我，我的病情之所以一触即发，是因为我的肺部情况非常糟糕。当初麻醉医生一度怀疑我会不会死在手术中，不光是因为脑出血，更因为我的肺虚弱不堪。长年累月的劳作，矿尘悄无声息地侵蚀了我的身体：我的肺因为慢性梗阻失去了百分之五十的功能。

未来突然变得一片灰暗。一年前我还希望医生会宣布我身体健康，能回去工作。而现在，我回去工作没有问题，但要等到我的症状全部消失后：因为脑出血的原因，我依然遭受着经常性的令人目眩的头痛和头晕，这一症状持续了好几个月。

尽管随着时间推移我依然抱有希望，但内心里我其实知道真相。照我肺部的情况看，就算我能从脑出血中完全康复，我也不能通过健康检查。

我没得选择。我作为一名矿工的职业生涯就这样结束了。在仅仅四十二岁的年纪，我不得不提前退休。

这是一个艰难的转变。一直以来我热爱我的工作。它是我的整个生命；它定义了我的身份。是的，这份工作的确艰辛，但地下的工作氛围很好。我们是一个团队，一个强大的团队，我们彼此关照。没有什么比上完一个长班回到家感觉更好的了，因为知道自己完成了一天的辛苦工作，为妻子和家人提供了生活保障，能够放松一下。

但我的确在适应，我没有选择。我的健康关乎我们所有人。

我不想像我父亲一样因为挖矿而早早送命，他分秒必争地奋斗，过早地过度消耗了生命。我也知道安吉的家人都很长寿，保养得很好。如果孩子们长大了，而我却被自己吸进去的那些煤灰弄得半死不活，对她来说有什么好处呢？

这给我们的经济带来的打击是惨重的。就算有我的退休金，但有六张嘴等着喂养，我们比任何时候都穷。不过，等我恢复健康，对于那段时光印象最为深刻的是身为家中一分子的感觉。因为一直以来，我的大部分时间都是在地底下度过的，我错过了许多孩子们的成长和变化。所以我享受和家人在一起的生活。也许这是经历过和死亡亲密接触后的自然反应：在各个方面，生活都感觉丰富多了。

实际上，现在回想起来，在那段日子里我们肯定感到非常幸福。因为科里·伊恩在2005年到来了。然后，令我们开心的是，次年我们当上了爷爷奶奶，达蒙和他的女朋友纳塔利诞下了一个男婴，名叫沃伦。

安吉喜不自禁，她说当奶奶的感觉是最好的，然而事实证明她自己还没有断绝生孩子的念头。所以当2007年她生下我们第二个女儿埃拉·罗斯的时候，我开玩笑说我应该找那个帮我割掉动脉瘤的外科医生，问他是不是给我割错了地方……

第八章

也许是因为自从埃拉出生后生活发生了翻天覆地的变化，所以她那么快就要三岁了，而瑞安已经二十六岁了，让人感到难以置信。难以置信安吉当了半辈子的妈妈，把八个漂亮的孩子带到了这个世界上。

她干得漂亮，所以她有理由为他们中的每一个感到骄傲。尽管没有子承父业下矿井，但我们三个年纪较大的儿子现在全都工作了。在遭受1984年可怕的境况后，煤矿业留下的残余现在只能苟延残喘，他们去矿业没有出路。但在某种意义上说，他们还是在当地的"矿场"工作，不过是为坐落在过去矿场的那块土地上的一家公司工作，制作厨房设备，他们兢兢业业，诚实地赚取一份还算不错的收入。

几个小的也在茁壮成长：康纳刚完成小学课程，杰德和杰克紧随其后。所以现在家里就只剩下科里和埃拉了，每一秒都是那么珍贵。

得知安吉将要被从我们身边夺走，她最小的孩子们将要在没有妈妈的环境下长大，实在令人心碎。每庆祝一个生日，那个残酷的现实便靠近一分，然而每一次生日都是值得庆祝的理由——因为她还在。她还没有抛下我们。

今天把埃拉送到达蒙的女朋友纳塔利那里后，我们去了玩具反斗城。这意味着埃拉上午可以和我们的小孙子沃伦一起玩——他们现在成了很好的朋友，而我们则是去为她的生日买礼物的。

这个地方我经常去，但今天感觉不同。因为我们一进去，我便开始用安吉的眼光来看这个世界。或者至少我认为这是透过安吉的双眼看到的世界。因为知道自己的时间所剩无几，所以每一个小细节肯定都被扭曲了。

三岁在儿童用品店是个里程碑——是一个大飞跃。三岁等于进入了玩具的一个新领域，三岁及以上孩童的玩具上不再标示那个千篇一律的标签，即亮闪闪的"0～3岁不能使用，否则后果自负"的字样。一路走，我看到在色彩鲜艳的宽敞的货架区，货架上堆积的玩具都高到屋顶的椽上了，而安吉将再也享受不到伴随着孩子们的成长为他们购买这些玩具的乐趣。

我试着照安吉告诉我的那样转移注意力，去享受当下这一刻。而当我看到安吉对着玩偶服装和婴儿车柔声细语、不能决定的模样，我发现我确实在享受这一刻。如果不是死神将近，我甚至也许都不会在这里，和安吉一起做她那么喜欢做的事。

但接着，在选好埃拉的礼物后，她重新思考了一下。

"哦，米尔！"她喊道，眼睛盯着一条白色的小玩具狗。它看起来像条西部高地白梗，被一条绳子系着，方便拖拉，让安吉大喜过望的是，它甚至还能边走边叫。

"哦，我现在不知道该选哪个好了！"她说着拿起那条小狗，柔声跟它说话，好像它是真的一样。安吉喜欢狗。"埃拉会喜欢这个，"她说，"她跟我可以带它和鹅卵石一起去散步，对不对？"

我们花不起这笔钱，但我还是叫她把那只狗也一起买了。

2006年的圣诞节，我给安吉买了鹅卵石，我想送她一个惊喜。

我们现在已经有了杰斯，但杰斯实际上是尼斯的狗，在我们失去波比几个月后，我们把它给了尼斯。当时马尔克的儿子的狗下了崽，我们过去看了看，尼斯一眼就看中了它。但我知道安吉真正的心愿是再养一条达克斯猎犬，于是我找了一位饲养员，最终定下了一条个子小巧的长毛红母狗。在平安夜那天的下午，我对安吉说我还有最后一点东西要去买，然后便驱车三十英里取回了它。把它带回家时，我等不及看安吉"大变脸"——就是在她问完"你去哪里了"后会出现什么样的神情变化。

只是尼斯参与了这项计划，所以我不得不用点儿心眼儿。我显然不能把一条八周大的小狗包起来放在树下，于是，在我走回屋子前，我把这个颤抖着身子的毛茸茸的小东西从用来装它回家的盒子里拿了出来，然后拉开我的外套拉链将它放了进去。

安吉正和孩子们在客厅里，在火旁烤火。

"你们都在呀，"我说，竭力忍住笑，"我的外套下有送你的圣诞礼物，亲爱的。"

我说这话的时候安吉像往常一样瞥了我一眼，但当我慢慢拉开外套拉链，小狗的脸突然冒出来时，她露出难以置信的神情。她已经笑开了花，当时她怀着埃拉三个月，紧接着她的脸比我们圣诞树上的灯光还要亮。那对我们来说是多么快乐的时光，那一年。

然而我们的幸福时光未能持续。安吉在2007年11月开始奇怪地咳嗽，就在埃拉出生六个月后。她久咳不愈，我不停地催她去看医生，但她像以往一样精力充沛，所以对我的话置若罔闻。

"我好得很，米尔，"她反复对我说，"别再瞎担心了。"

但我不能停止担心。如果是什么严重的病呢。我没有理由往那方面想，因为安吉从来不抽烟，而她的乳腺癌又已经过去那么久了，久到我们都已经记不得。但在我自己有过与死神擦肩而过的经历后，我变得异常谨慎，我们不能小视这种情况。我还清楚地记得当初想到也许不能活着看到孩子们长大时的心情。从少年时起，我们就一直谈论独自活在世上是多么艰难，我们都希望死在彼此的前头。

于是我继续催促，而当她开始咳得上气不接下气时，我亲自帮她和医生做了预约。我开车送她过去的。也和她一起见的医生。

医生似乎也没有不把她的咳嗽当回事。他给我们在医院做了预约，让安吉去做X光。几周后，我再一次开车送安吉，并和她一起见医生。

　　"我会没事的，米尔。"我们等着见医生时安吉安慰我说。医生给她做完检查，听了听她的胸部，便送我们去楼下让她做X光。"不会有什么严重的问题，"安吉一走出放射室便安慰我说，"你等着瞧吧。你担心过头了，米尔。"

　　做完X光后我们回到最初等候的地方，把棕色的信封递给接待员。接着我们便被带到一个小房间，按照吩咐等医生来。接待员告诉我们，医生一看完片子就会下楼来见我们。

　　"米尔，我快喘不过气来了，"我们一走进去坐下安吉便说，"我嘴巴干得要命。去医院商店一趟好吗？给我买些口香糖和一瓶甜味汽水来。怎么说我们也要在这里待上一会儿，对不对？"

　　我按照她说的做了。我很高兴有点事做，因为我憎恶这种等待，尤其是这种在医院里你不得不接受的等待，等待诊断消息。我这辈子经历的这种等待已经够多的了。但我不能抢跑，我必须像安吉一直告诉我的那样保持乐观。所以我一边走一边试图将自己从这种悬而未决的不祥感中解救出来。也许什么事都没有。也许不是什么严重的病，是可以治愈的。等我买好了饮料和口香糖往回走的时候，我几乎就要说服自己了。但当我拉开帘子，医生已经在诊室里和安吉在一起了，看他们的神色，我立马知道我将听到非常糟糕的消息。

安吉也直截了当地纠正了我的错误想法。"情况不妙，"她说，声音很小，"我的肺部有个阴影。"

她转回去面对医生，而我则站在那里，一手拿着汽水，一手拿着一袋口香糖，吓呆了。"是肺炎吗？"她问他。我现在能听到她声音里的焦虑了。

医生摇摇头。"我不知道，"他说，"恐怕只有让你做完活组织检查后才能知道。"

我看着安吉，但她只是平静地对医生点着头。"检查要多久？"她问。

"大约一周，"医生告诉她，"不会更长。"

"那就是在圣诞前后？"

"是的，"他说，"圣诞前后。"

这意味着圣诞的日子不好过，但我们依然尽量保持高昂的兴致。毕竟，我们有理由认为对安吉有利的可能性很大。她这辈子从来不抽烟，所以怎么可能会患上肺癌呢？可能性非常小。至于她的乳腺癌——好吧，这不可能和那个有什么关系，对不对？她安然无恙地度过了十七年，所以那已经成了历史。我们觉得应该是肺炎。最有可能是肺炎，而我们知道肺炎是可以治愈的。我们之所以知道是因为安吉的姐姐，另一个黛安娜，就在一年之前得过肺炎。她在医院治疗过，而现在她一点儿事都没有。

约定讨论安吉的活组织检查结果的时间定在了一月初的某一天，就在孩子们开学后不久。那天很干燥，但冰冷刺骨，草地和人行道上沾满了霜花，尽管我给自己打气，要对安吉的病情保持积极乐观，但恐惧就如我们每次呼气时飞旋入空气中的水珠一般悄悄环绕着我。它不停地偷偷凑近偷袭我。如果病情很严重呢？接下来该怎么办？我们坐在候诊室里，我把安吉的手抓得那么紧，几乎要把她的血液循环给掐断了。我不知道还能做什么。而与此同时，她坐在那里，眼神空洞。求你了，上帝，我想。让我们听到好消息吧。

"安吉拉·米尔索普！"

听到喊安吉的名字，我们俩都跳了起来，我感到恐惧的刺痛沿着我的脊梁骨飞快流了下去。就在此刻了。我们站起来，跟着护士走进了诊疗室，在医生办公桌边的两个座位上坐下。

医生的目光正盯着电脑显示器，但接着他看向了安吉。

"你肺部的这个阴影，"他对她轻声说，"你有没有想到会是什么？"

安吉没料到他会问她，露出迷惑的神情。"是肺炎吗？"她问。

他摇摇头，"不，不是那个。你有没有想过会是其他什么？"

安吉想了一会儿。"好吧，"她最终说，"我在1993年患过乳腺癌……"

她的声音越来越小。我想我们俩都从医生的神情看出即将到来的是什么。

"实在抱歉，"他缓缓说，"是你的乳腺癌。"接着他顿了顿，"它复发了，并扩散到了你的肺部。"

我就那么坐在那里，呆若木鸡。我不能相信。她的乳腺癌？这似乎无法解释。在经历了十七年，又生了五个孩子后，安吉胸部的那个小包块——那个包块都没有一颗豌豆大——又回来了，并即将撕裂我们的世界。我试图忍住眼泪，但那是不可能的任务。我甚至不忍去看安吉，害怕自己会彻底崩溃，但当我把目光投向安吉时，我能看到她在颤抖。颤抖，但没有哭。她克制着自己。是她用双臂抱住了我。

"好啦，米尔，"她说着抱紧了我，"我没事。你也会没事的。"

但她的癌症复发了，她怎么可能会没事？我怎么可能会没事？我们俩怎么会没事？

"我准备让你去看一位肿瘤专家，"我们紧抱在一起坐在那里时，医生对我们说，"来讨论你的选择。当然了，要尽快。"

在那之后我几乎什么都没听进去。房间里有一名护士，这时她走了过来，把一只手放在安吉的肩膀上。"你要不要去私人房间？"她轻声问，"去那里单独待一会儿？"

安吉摇摇头。"不，"她说，"来吧，米尔，带我回家。我只想回家。"

护士点点头。她带我们走出医生办公室时，我记得候诊室的所有人，我记得我看到了他们所有人脸上的表情，我能看得出，他们看我们的样子就知道我们听到了最糟糕的消息。就好像我们俩额头上都写着"癌症"两个字一样。

然而等到我们上车时，我们俩都下定决心，要努力保持积极乐观。毕竟在知道全部情况前，我们不能往最坏处想。是的，癌症复发了，但那并不意味着我们不应该拥有希望。"让我们至少等到看过肿瘤专家之后再说，"安吉说，"谁知道呢？他们也许能像上次那样摘除肿瘤，对不对？然后给我化疗。也许会没事。上次成功了，不是吗？"

我赞同。我用那名护士给我的纸巾擦了擦眼睛，上车后，我凑过去吻了吻安吉湿漉漉的脸颊。"是的，亲爱的，"我坚定地说，"也许就是那样。"

等待见肿瘤专家的那两周漫长得好像没有尽头。现在我们知道了安吉的病因，每一分钟便都感觉像永恒那么漫长，我们就怕她肺部的癌会不受控制地疯长。它越是长，就越难摘除。

但很快——见到医生后坐下来不到几分钟的时间，它被摘除的所有希望就破灭了。

"实在抱歉，"他对安吉柔声说，"但这次恐怕我们没法治好你，米尔索普太太。我们所能做的只有通过化疗来延长你的生命。"

我们俩都惊呆了。我看得出来安吉听到这个消息后呆若木鸡。她的整个身体都变得僵硬了，脸色惨白，嘴一动不动。这是我们所听到的最糟糕的消息。他们治不好她。他们只能尽量延长她的生命。但能延长多久？我想尖叫，大喊，揍什么东西才好——什么东西都行——感觉是那么不公平。那么残酷。那么不可更改。就好像听到一个无辜的女人被判死刑，并立即执行。我现在真的要失去她了。我们都要失去她了。就是这样。

　　在整个回家途中我们俩都在哭。安吉在啜泣，真正的啜泣，她的肩膀随着眼泪滴落到大腿上一阵阵地起伏。我几乎没法开车。我看不清路。想到没有安吉的生活，我被生生撕裂了。但当我们拐上我们所住的那条路时，安吉再次振作了起来。"听我说，米尔，"她说，疯狂地用手背擦干脸上的泪水，"我们现在还不要告诉年纪小的那几个孩子。我们得把消息告诉几个大的儿子，但对于那几个小的，能保密多久就保密多久，好吗？我不能忍受让他们知道。这对他们没有好处，不是吗？他们会被吓坏的。我们不能告诉他们。我们不能。"

　　我答应了她，接着，把车停在我们屋外时，她拉住了我的手。"听我说，"她又说，扭头望着我，"如果他们真的不能为我做什么——如果他们能做的只是帮我把生命延长一点儿——那么我想享受余下的时光，好吗？像往常一样生活，不管怎么样，要尽量做到。癌症也许会夺取我的生命，但我不能让它毁掉我余下的时光，好吗？"

进屋前我们紧紧拥抱。我说不出话来。我想我哽住了。我不能停止啜泣。"米尔，"安吉撤回身子，严厉地看着我，最终说，"米尔，好了。振作起来，好吗？请别让孩子们看到你这副样子。"她用双手轻轻擦掉我脸上的泪水，然后目光越过我看去。"好了，米尔。"她说。我转身望去。看到我哥哥巴里和马尔克正沿着小路朝我们走来，马尔克的妻子艾琳在他们后面。我立刻看出我们没必要把这个可怕的消息告诉他们，他们可能从我们脸上的神情就看出来了。

我们下了车，艾琳陪着安吉走进房子，而马尔克和巴里则试着在人行道上安慰我。我似乎没办法振作起来。

"好了，伊恩，"艾琳和安吉走进屋时马尔克说，"我知道这很难，伙计，但想办法振作起来。别让小家伙们看到你这样，求你了。来吧。就当是为了安吉。"

我看着我的哥哥们，竭尽所能地按照马尔克对我讲的那样去做，但没有成功。想到要失去安吉，想到她那么年轻就要和她的孩子们分开，这压倒了一切，对我来说实在太难以忍受。当我们朝房子走去时，就好像我内心里的巨大愤怒在不停膨胀——而我对它的敌人完全束手无策。

我停不下来。在巴里和马尔克来得及阻止前，我用尽全力捶打着房子的墙壁。这丝毫没让我感到好过一点儿。

我害怕把这个消息告诉几个大的儿子。谁能开始这种对话呢？尤其是在我自己都难以自制的情况下。但安吉想这么做，我能看得出来。于是在马尔克、艾琳和巴里在客厅里陪几个小的孩子玩耍的时候，我们把尼斯、瑞安和达蒙叫进了厨房。事实上，在那之后一切发生得有些模糊。尼斯先进来，而我则忙着试图把流血的那只手藏起来，不让安吉看到。我甚至都还没来得及完全镇定下来，安吉已经用双臂抱住他，告诉了他。当另外两个走过来，明显被面前的情景弄得不知所措和紧张不安时，我直接把他们带到了外面花园里——把这个最可怕的消息告诉了他们。那是我一辈子最难过的一天。

"她得癌症多久了？"瑞安问我，眼睛里充满了泪水。我很久没见他哭过了，这让我痛不欲生。达蒙也是。我能看得出来他说不出话，但却拼尽全力保持镇定。

但此刻努力都是无用的，于是我把他们拉近身边，我们父子三人失声痛哭。泪眼婆娑中，我朝花园尽头望去，花园是我们家庭外部成员的家。那里有杰德的兔子——雪花，和两只漂亮的哈里斯老鹰——小胡子和杰斯。

小胡子是尼斯的，杰斯是我的——它们成了我们俩的某种专宠。我说让尼斯养成这样一个户外爱好有种种好处，劝服安吉后，去年秋天我便在花园尽头修建了一个大鸟笼，很快地我也迷上了这个。鸟儿需要每天飞，于是我们出去训练它们，我们在荒野和我们家附近的树林里跋涉，让它俩在我们头顶上自由飞翔。它们是很棒的宠物；野性十足，却又非常忠诚。我们一叫它们就会回来。

我现在能看到它们，听到它们在召唤我们，那么凄厉哀伤的声音，好像在想：既然我们在家，为什么还不带它们出去？好像在试图恢复一种不复存在也再也不能恢复的现状。我们的生活要永远改变了。

"噢，米尔，"那天晚上在床上，安吉对我说，"你是怎么搞的？"她看到我结痂肿胀的指关节，它们现在真的很痛。她抓起我的手左看右看，面露畏缩之色。"看上去很痛的样子。"

"没什么，"我说，弯曲和舒展着手指，"我之前喂鸟的时候在台阶上绊倒了而已。"

她似乎相信了，我很高兴，因为我为自己的鲁莽行为感到惭愧。她现在需要我，我得为了她坚强起来，而不是反过来让她为我担心。

第九章

埃拉的生日派对很小，只邀请了亲密的家人参加。尽管晚会办得很成功，但我知道这将是一段苦乐参半的回忆，因为它的方方面面都被这种不可挽回的感觉笼罩着。这会是安吉为她烤的最后一个生日蛋糕吗？她最后一次看着她打开生日礼物？她吹灭蜡烛时最后一次叫她许愿，而内心里一直都知道这样一个残忍的事实？而事实上，如果埃拉足够大，知道正在发生什么，她唯一的愿望将会是要她的妈妈留下来把她抚养长大。这是个无法实现的愿望。终将是折磨。

我不停回想起当埃拉打开那个装着小狗的包裹时，眼泪是如何从安吉的脸颊上流下来的。但我知道我得停止。她需要我坚强，而且能干，只有这样我才能让她信服，没有她我们也能过得好。这就是为什么我不得不把精力集中在她想要教会我的东西上。

我现在正在学熨衣服，实际上我学得不错。这让人吃惊，因为我完全是个新手。家里熨衣服的活儿一直是安吉在做，因为我根本不知道要从哪里下手。安吉不在家，而我又需要熨一件衬衣的情况极少，这样的时候我会沿着马路跑去我哥哥家，艾琳会帮我熨。但现在我快要学会了。不过我也有出差池的时候。我曾把康纳的一条校裤粘在了熨斗上，还有比这更糟糕的，我曾在杰克的一件T恤的塑料图案上直接熨了过去。把焦煳的塑料从熨斗的底板清理掉花了很长时间。但我快要学会了。现在我差不多明白了控制盘、蒸汽键和折缝之间的复杂关系。

我的技术日臻完善，这并不奇怪，因为现在几乎所有衣服安吉都让我熨。她刚开始的时候会留一半要熨的衣服给我熨，但现在她几乎让我一个人包揽了。然而我还是没有掌握扎辫子的技巧。扎辫子很有难度。如果有人对你说那很容易，别上当。所以掌握这门技术对我来说有难度，也在情理之中。然而一天，安吉突然灵光一闪。

"我告诉你怎么做，"一天晚上我们坐在电视机前看电视时她对我说，"我知道我们能怎么做了。我们可以用我的假发来练习。"

这个主意实在妙，我们俩之前竟然都没有想到，这令我惊讶。她跳下沙发，去卧室装假发的箱子拿假发，自从她的头发重新长回来后，它就一直放在那里。

"你不会戴上它吧？"她拿着假发跳回来时我问她。她手里还拿着一把刷子、一把梳子和几个小绒球。

"别傻了！"她大笑着说，"我当然不会。那怎么成？假发戴在我头上，我是没办法教你的，对不对？不，"她说，重新在我身旁坐下，"把身子挪一下，把你的腿给我抬起来。"

我把右腿抬高了一点儿，不明白她意欲何为。接着我意识到她要干什么了，因为她把假发紧紧地套在了我的膝盖上。

"好了，"她说，"你都准备就绪了。"

"准备就绪了干什么？"我一边把柔软的头发顺着牛仔裤的裤腿往下抚平一边笑着问。

"当然是让我看看你有没有进步！因为我可不光是想让你学会扎辫子，"她说，"我还想教你扎麻花辫。"

我摇摇头。我甚至不知道麻花辫是什么意思。这和青蛙腿有关吗？一串串洋葱的样子？我完全想象不出。这活儿变得越来越复杂了。

我想这世上没有一个活着的人在遭遇不幸时不会去想为什么是自己。听闻安吉患的癌症是绝症，就是我生命中的那些时刻之一。在被告知她的肺部继发癌症后那么一会儿，我满腔怒火，悲痛得团团转，只有这样我才不会发疯。为什么是我？我不能停止这么想。为什么是我们？为什么是我的孩子们——为什么要失去母亲的是他们？但我想得最多的还是：为什么是她？为什么是我美丽的安吉？一个一辈子都没做过一件坏事的女人？如果真有上帝，那么他怎么能这么对她？

为了安吉和孩子们，我不得不坚强起来——这不用说。但最初几天我恨不得跑得越远越好。或者自己躺下来死了算了。我要崩溃了，眼泪不停地威胁着要奔涌而出。第二天我们依然打不起精神，我们把达蒙、沃伦和纳塔利叫过来了，尽管我们在谈论的是毫不相关的事情，我依然发现自己有一种无法停止的想哭的冲动。

我不想让安吉或纳塔利看到我在哭，飞快地从房间跑了出去。接着我意识到孩子们就在周围，我不知道要往哪里去好。我走到户外，爬进车里。我没打算去任何地方——我只是需要振作起来。但几分钟后大腿上手机的震动声惊醒了我。

是我的哥哥巴里。"嘿，伊恩，"他说，"我打给你是想问问你还好吧。"

我告诉他我很好，但从我嘶哑的嗓音中，他显然能听出我在说谎。

"你在哪里？"他想知道。

我用手擦了擦眼睛。"坐在车道上的车里。"

"好的，"他说，"我这就过去看你。"

"不要，"我说，"你不要过来。我不能让安吉知道我这副样子坐在这里。"

"那你赶紧过来，"他说，"一刻钟，记住。如果你一刻钟之内没有过来，我会去按你的门铃，明白吗？"

于是我去了。我开车去了布赖尔利——他们居住的地方，就在马路前方一英里处。车子停下来时，他和他妻子林恩已经在门阶上等我了。我试着让自己镇定，但光看到他们俩站在那里就让我再次崩溃。

"为什么？"我啜泣道，在他们面前伸出双臂，"为什么是我的安吉？"到了此刻，我已经痛不欲生，直接跪倒在他们面前。

他们把我带进屋里，尽可能让我平静下来，安慰我，尽管这对他们来说显然不是易事。你能对处在这种情况下的人说什么呢？你能做什么让情况变得好起来？

"我不敢相信你们运气这么不好，"巴里对我说，"你真的是太倒霉了，伙计。"

对此我无言以对。我感到那么无望。那么无助。对此我根本束手无策。任何人都束手无策。

除了给我们帮助外，我很幸运有这样一个支持我们的家庭。在和他们谈了约一个小时，喝下几杯茶后，我感到又有足够的勇气去面对我的人生了。

"听我说，伙计，"我正准备离开时巴里说，"我们会支持你们所有人。所以如果你们有什么需要——无论什么事情——尽管开口，好吗？"

我说好的。接着想到我哥哥刚刚对我说的话，我甚至挤出了一丝微笑。巴里很有钱：他在矿井下辛勤劳作了好些年，一直很节省。实际上，巴里在用钱方面有多谨慎是我们家的一个玩笑，大家一直拿这个开涮他。

"好吧，巴兹[1]，"我说，"那借我一千英镑怎么样？"

巴里只是笑了笑。"不，伙计，我指任何事情。但钱除外。"接着他脸色一变，"不。就算是钱也没问题。跟我讲就行，伙计。"

这件事也许是钱解决不了的，但这并不重要。重要的是原则。有一个家庭。那对我来说意味着一切。

但每当我想到安吉一旦离开了我们该怎么办，我便不敢去想未来。重要的是当下。重要的是安吉。我们要竭尽所能让她余下的时间过得最好。

化疗尽管可怕，但能延长她的生命，我牢牢抓住这个念头。然而必须付出代价，这一次代价更大。

因为安吉在乳房切除术后只进行了放射线疗法，她第一次患乳腺癌时并没有脱发。但这次会不同，因为她将服用的药物在消灭癌细胞的同时，也会让她的头发全部脱落。

得知她要经历脱发我心都碎了。一直以来她的头发都很美，也一直得到她的细心呵护。这种情况很快就发生了：一服下第二剂化疗药物，她便开始注意到了，梳头时，留在梳子上的头发越来越多。

"终于来了，"一天早上她对我说，"我要失去它了，米尔。我受不了。听我说，我们今晚去尼尔家，让黛安娜帮我剪掉一些。"

---

1 巴里的昵称。

尼尔的黛安娜是个理发师。自从离开学校后就一直干这一行。她在巴恩斯利的一家理发店工作，那个理发店名叫莱斯利·弗朗西斯。她和安吉关系很好，两人具有同样的幽默感。我知道她足够坚强，能处理好这个状况，不会把自己搞得惨兮兮的。

我猜得没错。我们让尼斯和他女朋友索菲帮忙照看几个小的孩子，当我们把车开到尼尔和黛安娜那里时，我能看出安吉的心情已经好些了，现在她决定剪掉一些头发。

女孩子们在厨房里给安吉理发时，尼尔和我在另一个房间里看电视。或至少我们试着看了看。她们在那头笑个不停，弄得我们忍不住跑过去看什么这么好笑。

我们走进去时看到安吉正咧着嘴笑，她手里拿着一把梳子，上面缠满了她柔亮的棕发。看到这一幕令人心碎，但同时又令人敬畏。她在那里，手里拿着她自己的一半头发，依然勉强保持幽默。"瞧瞧那个，"她说，依然笑得那么爽朗，那么具有感染力，"你送我回家的时候我就成光头了，米尔！"

那天晚上我对自己的妻子充满了敬意。同样也因她不可思议的力量和勇气感到惭愧。于是第二天我决定，既然她将失去她那头漂亮的头发，那我就有责任尽量减少她的痛苦。她已经有一副假发，是医院给她的。但那副假发黯淡无光，看起来像是人造的，而且我知道她不会喜欢戴。

可她还是会勉为其难地戴上，因为她就是那样的人，我也知道如果我告诉她我要干什么，她肯定只会劝我别那么傻，浪费那么多钱。所以，趁着她去看她妈的间隙，我偷偷找出她的一张照片，亲自去了巴恩斯利。

我在网上搜索过，所以找那家假发店并没有花太多时间。而它看上去正是我要找的地方。我把安吉的照片给店员看了，从照片上可以看出安吉头发的颜色和发型。"你这里有和这个一模一样的吗？"我问她，"请注意，我要用真头发做的。"

她走开了，回来的时候拿着一副完全符合我要求的假发——只不过价格高达280英镑。但这就是安吉需要的，为了看到我把它带回家、她打开盒子时脸上的表情，所花的每一分都是值得的。她的眼睛一下子亮了起来，禁不住地喘气，就好像圣诞节提前到来了。"哦，真美，米尔。"接着她露出关切的神情，"但我们付得起吗？它肯定花了你一大笔钱！"

我摇摇头。"百把英镑而已。"

她眼睛睁大了。"真的？"她拿起它抚摸着，接着又眯起眼睛，"好啦，米尔。是真的吗？"

这样没有好处。我不能继续瞒着。看她那副神情我瞒不下去。于是我坦白了。"哦，米尔，"她说，张开双臂抱住我，吻了我，"你真是太为我着想了，对不对？"

这个问题不需要回答，真的不需要，但不管怎么样我还是回答了她。"当然，"我对她说，"而且我永远会为你着想。"

就在几周后，安吉的头发几乎全掉光了，但她做好了准备。她让黛安娜的女儿简——现在也是名理发师——帮那副假发修理了下，做了个发型，好让它看起来和安吉此刻的头发一模一样，这样一来，她戴上假发时，大家就不会知道她是带病之身了。而且化疗貌似也没有对她造成什么不良影响。刚好相反。在化疗前，她还在遭受另一种症状的折磨，名叫颈交感神经节麻痹，因为一个肿瘤压迫了一条神经，她的眼睛几乎睁不开。此时那个症状也消失了，随之消失的还有呼吸不畅的问题，她的体重也开始增加。仅几个月时间，她戴上假发的时候，你绝不会知道她是绝症患者。她不累，情绪也不低落，实际上她像往常一样充满活力，一如既往地跟在孩子们后面跑，想到我们有这么多孩子——而且还有一个只有十个月大的婴儿——这本身就是一种能耐。有时候对于未来的忧思似乎消失在了背景里，我会一连好几个小时忘记癌症正在夺取她的生命。这么充满活力的人怎么会就要死去呢？

但最主要的是她的幽默感，让我既惭愧又惊奇。安吉是肥皂剧迷——一直都是，从《达拉斯》到《爱默戴尔农场》，她无一遗漏——所以没有几个晚上她不是黏在电视前。而在这天晚上，我们幸运地在看《加冕街》。康纳在楼上玩他喜欢的任天堂游戏机，而尼斯和他的伙伴本吉出去了，去了马路对面本吉的农场。

尼斯和我刚放飞并喂完鸟儿回来。要想让放飞的鸟儿飞回来，吃你戴着手套的手里拿着的喂给它们的那块肉，你就得让它们饿上一整天。它们是很棒的宠物，但我拿定了主意要把它们卖掉。尼斯现在更大了，把更多时间花在了他繁忙的社交生活上，而且考虑到发生的其他一切，我实在没有心思和时间再来照顾它们。我现在要把所有时间和精力都用在安吉和孩子们身上。

这会儿小家伙们都睡着了，我们正看着《加冕街》，她把手滑入我手中，不停地给我暗示的微笑，于是我在想她是不是有其他计划。

"米尔，"放广告时她柔声说，"你愿意帮我个小忙吗？"

我扭头面对她，冲她扬起眉毛，同样具有暗示性。

安吉爆发出一阵大笑。"不，傻瓜，不是那种忙！我想让你去帮我洗洗头发，好让我把《加冕街》剩下的部分看完。"

我困惑地朝她眨了眨眼，不明白她在说什么。直到她突然飞快地摘掉假发，胡乱地扔到我腿上。

它摊开着趴在那里，像只毛茸茸的死动物。安吉爆笑如雷，她笑得那么厉害，脸上眼泪直流。"就是这个！"她一镇定住便急促地说，"求你帮我去洗吧，让我坐在这里看电视，吃完这盒费列罗巧克力，喝完这杯茶！"

然而化疗的副作用有后来居上的习惯，任何接受过化疗的人都会告诉你。这么久过去了，安吉似乎顺利地度过了治疗，然而接着便到了一个点。一天上午，我把孩子们都送去学校后，从赫伯特家里回来。走进屋时，我听到她呕吐的声音。我跑上前去，看到她正躬身趴在浴室水槽上呕吐。她不停地作呕反胃，一边试图抓住头顶那副假发。我把手放在她背上，帮她揉背，直到她吐完。

"哦，亲爱的，"我担忧地说，"你现在好些了吗？"

我不该这么问的。"我看起来像好些了吗？"她从水槽边站起来转身责骂道。她看起来糟透了，皮肤灰白，湿漉漉的，双眼充血，脸上满是泪痕。不，我想。她当然不好。她就要死了。

接着，当她看到我的表情时，她的肩膀耷拉了下来。对人恶声恶气不是安吉的脾性。她沉重地叹了口气，伸手去拿卫生卷纸擦脸。"不，"她说，"不，我感觉不好。我感到难受极了。"她在浴缸边上坐下，眼泪簌簌往下落。"我很痛苦。是化疗。我知道它对我有好处，但我只是感到太难受了。那么不舒服，那么没力气，那么可怕，米尔。"

"我知道，亲爱的，"我说，"但现在化疗很快就要结束了，不是吗？你现在还剩下几次？两次？"我走过去在她身旁坐下，用手臂抱住她，捏了捏她的肩膀。"等你做完了化疗，"我说，"你会感到好很多，对不对？"

我又说错了话，因为她的神情依然那么愤怒。"不，我不会，米尔！"她说，双眼在冒火，"我也许不会吐，但我肯定不会感到好些。因为我好不起来，对不对？化疗并不能治好我对不对？它只会减缓我疾病恶化的速度。只是再多给我一点儿时间，米尔。仅此而已。"

接着她突然一动，把手伸到头顶，把假发扯了下来，愤怒地扔到地板上。然后她看着镜子，再看着我映照在镜子里的脸。"看看我，米尔！"她冲我喊道，"看看我！看看它对我做了什么！我感觉苦不堪言，样子也惨不忍睹！你知不知道我看着镜子里的自己时的感受？你知道吗？我讨厌化疗。我讨厌它！"

　　我不知道该怎么做，于是我只能把她揽进怀里，一直抱着她，直到她停止哭泣，告诉她对我来说，她依然是美丽的，她会永远美丽，她是那么勇敢坚强，我比以前更爱她了。我爱她，我爱她，我爱她。我只是不知道还能对她说什么。

　　后来，在厨房里，当安吉平静下来，能喝下一杯茶时，我想起特里跟我讲过他妻子黛安娜的朋友吉恩。像安吉一样，她也患过乳腺癌和肺癌二期，他一直跟我讲，在完成化疗后她现在恢复得有多好，她是如何不遵守要求，去酒吧，白天出门，等等等等，以及虽已是七十岁高龄，又是癌症末期，她感觉却出奇的好。

　　我想他一直这么对我说，是为了安慰我不要担心未来，但我突然想到，也许她可以和安吉聊一聊。如果安吉能看到历尽艰辛后的光明，也许会振奋起来。我害怕如果看不到那光明，她也许就会这么放弃了。

　　同一天下午，在去学校接孩子们前，我去拜访了黛安娜，接着她给吉恩打了个电话，安排她第二天过来。

　　"哦，米尔。"当我回到家告诉她吉恩会来访的事时，安吉说。她摇摇头，叹了口气。"你是个什么样的人啊？"

　　但我很高兴自己这么做了，因为当吉恩进来时，她的确看起来不错，听着她们聊天，我能看得出安吉也信服了。

　　至少我希望是这样—— 一直以来她都把痛苦藏在心底，安吉就是这样。我只是希望会是这样。我不知道还能帮她做什么。

第十章

孩子们回到了学校，尼斯去上班了，安吉和我去医院看肿瘤专家。埃拉的生日过去了，已经是七月，再过几周学校就要放暑假。我们上次的度假，感觉是那么久远的事了，我忍着不去想过去三个月过得有多快。现在除了十月我的生日，家里再没有其他人过生日，接着就是十一月底杰德和杰克的生日。求求你了，上帝，我想，请你一定要让安吉能参加我们双胞胎的生日。

我们到达医院时医院一派繁忙，我们只得等待片刻。等候期间，安吉和坐在她旁边的女人聊了起来。她像安吉一样，也是一名癌症患者，在那里陪着她的是她的丈夫。当我和他聊上时，我才发现他像我一样，以前也是名矿工。

他们比我们的年纪大，但她的情况和安吉的有点儿像。唯一的不同是她的癌症已经不稳定了，疾病再一次占了上风。"所以他们想给我做更多化疗，"我听到她告诉安吉，"但我不打算继续了。我没有勇气再经历一次。它让人感到太不舒服了，而且到了这个阶段，我宁愿要生活的质量而不是数量。"

安吉点点头。"的确应该考虑值不值得，"她赞同道，"再一次掉光头发，感觉总是那么不舒服，浑身无力……也许多过一点儿有质量的生活会更好，即便在总量上活得短一些，我想。"她似乎思考了一下，"我唯一要考虑的是孩子们，"她说着叹了口气，"我生了好几个孩子，所以医院让我做什么我都不得不接受，为的是尽量延长和孩子们在一起的时间。"

想到即将等待我们的不可想象的未来，想到安吉不得不再一次经历漫长的痛苦的化疗，我简直不忍听下去。但与此同时，想到要对这个可恶至极的疾病俯首称臣，认命认输……而且这个病好像也已经占了安吉的上风。

我尽量把恐惧埋在心底，试着去积极看待她能活多久，但现实是安吉越来越瘦了。她不肯面对事实，每次我提起她都会生气，但她似乎正在我眼前一点点消失。事情到了这个地步，尽管它让我们之间摩擦不断，我还是忍不住提——而且是经常性的。

于是当我们走进诊室，听到肿瘤专家说他对她的扫描情况感到满意时，我颇为震惊。当他补充说她的情况目前似乎很稳定，我不肯相信。是的，这是我想听到的，但它和我亲眼所见的是如此不一致，我不能就那么坐在那里什么都不说，尤其是当他叫她过三个月再来时更是如此。三个月？

"但她的情况明显不稳定，"我指出，"看看她！你为什么就不能把扫描图对照病人一起看？她体重减轻了那么多。瞎子都能看得出来。"

肿瘤专家转向安吉。"你认为是这样吗？"他问她。

我能感觉到空气中的紧张气氛，我看到安吉的神情。她的神情告诉我不该把声音扬得那么高。"是的，"她平静地表示赞同，"我体重减轻了一些。但我想那是因为我不再吃那么多垃圾食品的缘故。我自身感觉良好。"

我不能和他们两个争论，我不想触怒安吉，尤其是在我的内心深处，我知道她为什么这么说。那是因为，尽管我听到了她在候诊室里是怎么对那个女人说的，但实际上她并不热心进行更多化疗。我有什么资格坚持呢？毕竟那是她的生命。

我也确信，尽管我现在不敢提起，但她完全知道自己病得有多重，为了不让我们更难过，她试图瞒着我们。

当我们往回朝车子走去时，我感到绝望几乎要把我打败了。她就要在我眼前死去，我却无力阻止——肯定有什么解救她的办法对不对？

安吉这一病，沦为疾病牺牲品的不光是她的头发，更残酷的是她的牙齿也将不保。因为癌症现在已经侵入骨髓，2008年11月，医生决定她可以进入一种针对骨癌的新药择泰的临床试验。我们赴约去接受评定的时候，外科医生跟我们解释说，这种药唯一的副作用是，如果安吉的牙齿中有松动的——貌似她的确有颗牙松了——那么他们能给她服药的唯一方法便是她把所有的牙齿先拔掉，否则后果不堪设想。是的，这种药也许能延长她的寿命，但她得在牙痛中度过。

安吉悲痛莫名。失去头发是一回事，但失去牙齿则是另一回事，这件事真的令她很苦恼。"哦，上帝，米尔，"那天晚上晚些时候，当我们开始弄明白情况时，她说，"我将有的看了，对不对？没有牙齿。没有头发。就好像这该死的癌症在用时间一点一点地把我消灭掉，对不对？"但唯有这次她没有笑。她不是说着玩儿的。她话一出口便突然大哭起来。

我把她拉近，试图安慰她，告诉她我有多希望我们能互换一下，试着劝她说失去牙齿也许恐怖，但如果这能让她在我们身边多留一段时间，那对我来说就是值得的。"除此外，"我试着开玩笑，"你的新牙将完美无瑕。笑起来将是好莱坞式的——牙齿亮白，一笑值千金。"

尽管她擦干眼泪点了头，承诺在情况来临时会全力以赴，但我知道我们俩内心都在哭泣。

然而事情延期了。医生决定将这项试验延迟到他们对疗效更为明确为止，但等待的时候，我反复想起那同一个令人沮丧的事实：这种将会给她带来诸多创伤和痛苦的药物甚至都不能挽救她的生命。肯定还有什么我们不知道的方法对不对？

到了这个时候，我们在医院听说了病人联络办公室。我们之所以过去见他们，是因为上次我们去看过胸腔科的一名医生，从安吉的扫描看，她肺部的一个肿瘤真的变得很小，他问我们要不要考虑看看把它拿掉。

他说的话我们根本听不懂。医生已经告诉过我们，切除安吉的肺部肿瘤根本没有意义——难道这个医生有不同的看法？这里面涉及许多复杂的科学，我们俩都开始迷惑了。难道他知道些肿瘤专家不知道的东西？

病人联络办公室是在病人接受治疗期间为病人和病人家属提供帮助的部门，他们会就与医疗过程相关的任何问题提供总体建议，也能为病人发声：他们能把病人想问医生的问题记下来，进去和医生沟通。通过这种方式，如果病人因激动或言语不畅而遗漏了什么问题时，他们就能帮病人询问，并随后为病人解释答案。

这是场情绪激动的会面，因为我们刚得知关于肿瘤的消息，我再次涌起希望，也许安吉的病有救，但接着我又想到没有什么办法能阻止她死去——有没有肿瘤都一样，这对身体来说又是一个真正的打击。但跟我们说话的那个主任林恩·汉德利为人善良，乐于助人。

我们解释了一下情况，告诉他安吉已经到了癌症末期，我的情绪随着解释变得无比烦躁。"我该怎么办？"我双眼噙泪地问她，"没有她我怎么办？我怎么能一个人把我们的孩子抚养长大？我是个男人！我一点头绪都没有。从我们自己还是孩子的时候我们就在一起了！"

我看得出林恩对我这番爆发无言以对。但她不必说什么，因为安吉替她说了。"你的意思是没有人帮你洗碗筷？"她轻声问。她抓起我的手，安慰地捏了捏。"那你也许得买个洗碗机了，米尔，仅此而已。"她对我微笑，"或者也许你要买副橡胶手套？"

她的话让我感到自己很傻，但感觉也好多了。而且有个像林恩这样的交谈者也很令人欣慰，正如她所言，她乐意和我一起看一遍安吉的治疗记录，这让我感到有人支持我们。

所以在我们第一次会面几周后，当我发现了一个有可能拯救安吉的方法，我第一个找的是林恩。我在网上找到一篇关于美国演员帕特里克·斯威兹[1]的文章。他在美国斯坦福大学接受过一种治疗——一种名叫"射波刀"的放射疗法。这是一种试验性治疗，在这种治疗中，放射线被使用得十分精准，不会伤及周围组织。因为这种方法在英国还没有，所以我们面临的唯一问题是怎么才能为救治安吉筹到约三万五千英镑。

"把我的钱拿去，"妈妈说，"我有五万英镑存在银行，伊恩。全部拿去救安吉的命。"

她的这一举动太令人惊讶了，纵有千言万语都不足以表达我对她的感激。我要感谢的还有我的家人，因为我们后来才知道，这笔钱是我因吃多了煤灰而英年早逝的父亲的抚恤金，因此我母亲一直不肯拿出来用。那是我们的遗产，她总是这么对我们说，

1　美国演员，从影前曾是一位舞蹈艺人，凭借1990年风靡全球的电影《人鬼情未了》而创下个人演艺高峰，后因胰腺癌逝世，终年57岁。

所以她是绝不会用它的一分一厘的。然而现在她和她所有的孩子们却想把这笔钱交给我，把安吉治好。

但我们的希望终究被击得粉碎。如果我们真要做这项手术，那只会浪费这笔钱。尽管我把自己收集的所有剪报都拿给了林恩看，在向她解释这一治疗的过程中，她耐心倾听，但她说这种治疗能起到作用的希望很小。而且，我们一进去和专家会诊，肿瘤专家便肯定了林恩的看法。"这没有作用，"她耐心地解释道，"这种治疗是用在肺癌患者身上的，而安吉得的并不是肺癌。她患的是乳腺癌，只是现在已经扩散到肺部，这两者之间的不同之处就在这里。"

我一下子就被打垮了，悲痛欲绝。林恩问这位肿瘤专家为什么这点会有差别。"因为如果是肺癌，"她解释道，"那只要把整个肺切除了，癌能随之被切除的可能性很大。但安吉的癌症已经扩散到了她的身体里，已经病入骨髓。"

到了这个时候，我已经开始肆无忌惮地啜泣。我不能克制自己。我又一次容许自己希望，而现在那份希望破灭了。妈妈有多少钱都没有用了。钱也回天乏术。

"米尔，"安吉抚摸着我的手对我小声说，"你现在必须接受，谁都救不了我了。"

我的心里好像有什么断裂了。我挣脱她的手。"我绝不会接受！"我喊道，"我绝不会放弃，绝不！"

房间陷入沉默。我这才意识到大家被我的喊叫扰得有多不安。林恩开口对我说话了。"伊恩，"她说，"你俩到我办公室来十分钟好吗？用点儿时间冷静冷静。我不能让你们这样回家。"

我看得出来安吉也很不安，也想这么做，于是我点了点头，跟着她们出了医生办公室。再一次，安吉表现得那么勇敢，而要振作起来的是我自己，我苦涩地想道。我无比难过。

但很快我会感到更难过。走到衣帽间的时候我停了下来，说我一会儿就过去。我往脸上泼了些水。但当我下楼来到病人联络办公室时，安吉立即跳了起来，说她要去买瓶喝的。

"我帮你去买。"我说，迫切地想要为自己刚才的失态做弥补。

"不，米尔，"她说，"我自己去。我需要出去走走。"

她一走，林恩便让我坐下来，接着自己坐在了我对面。"伊恩，我很遗憾这次会面的结果不是你所希望的，"她柔声说，接着她顿了顿，"但，伊恩，我有其他话想对你说。安吉累了。而且她在担心自己剩下的时间不多了。她想把这余下的仅有的时间用来和你以及孩子们分享。"

眼泪再次刺痛了我的双眼。"林恩，你是在叫我放弃安吉吗？"

"我绝不会叫你那么做，伊恩，"她说，"我是在叫你给她此刻她最需要的。"她顿了顿，"那便是把她亲爱的丈夫的时间还给她。"

听到这些我哑口无言。它像一拳打在我胸口。她们明显交流过，安吉显然请求林恩对我说明这一点。"我会努力的，"我垂头丧气地说，"我保证。我真的会试着这么做。"

但那太难了。我身体的每一部分都在排斥它。如果我有什么办法能救她，那我一定会去做。尽管我向林恩·汉德利保证过，但我们一上车我便对安吉说，我不会就这么放任她去死。

她立即责备了我。"米尔，你必须接受！"她冲我大发雷霆，"因为将要发生的就是这样！"我不记得她上次是什么时候对我发过这么大的火。

但我对她同样恼火。"我为什么要那么做？还有，你干吗要这么生气？"我吼道，现在火气也上来了，"你怎么能就那么坐在那里接受自己将要死去？我们呢？我和孩子们呢？至少我在努力！至少我在找办法而不是干等死。"

"但我考虑的是你和孩子们，米尔！还有我自己！我能和你们所有人在一起的时间只剩下了这么一点点儿——你想把这点时间全浪费在寻找根本不存在的治疗上吗？你想我们剩下的时间这么过吗？我不想！你明白吗？我不想！"

我们沉默地开车回了家。好吧，虚假的沉默。我气坏了，每到一个交叉路口，我都会冲任何一辆挡我路的车大吼大叫。每一次我抬高嗓门都能感到安吉对我怒目而视。然后她会默默地摇摇头，别开眼神。

我们一回到家，我便用尽全力甩上车门，气哄哄地走进了房子，怒气未消。

我哥哥格伦正在我家帮忙带埃拉，当他发现自己莫名其妙地被卷入其中时，肯定颇为受伤。

而那一刻他显然身处这一切当中。"我去倒茶，你想喝吗？"我没好气地问安吉。

格伦看着我。"发生什么事了，伊恩？"他温和地问，"在医院他们没给你更多不好的消息吧？"

"没有，"我说，"让我恼火的是她。她好像就这么放弃了。"

安吉看着我，我的语气充满火药味儿，她的声音却很平静。"不，我没有，米尔。我只是不像你把一个小时又一个小时花在电脑上，找那些根本不存在的治疗方法。你不停地构建虚假的希望，你会把自己也搞病的。"

"你怎么知道？"我责备道，"你怎么知道就没有什么地方有办法能救你呢？有各种各样的临床试验——甚至科学家们都不知道它们中的某一个会不会治得了癌症。这就是他们进行这些试验的原因！再说了，即使它救不了你，但至少在毫无希望的情况下它给了我一线希望！如果换作是我呢？如果患了癌症的是我，你会就坐在那里等着我死吗？"

安吉没有说话。她只是看着我。我能感觉到格伦也在看着我。我说出了我的心声，他们会作何反应？他们显然无话可说。于是我气冲冲地走进厨房去沏茶了。

当我在厨房里倒茶，对自己的大喊大叫感到无比可耻的时候，安吉从后面走了过来，用双臂抱住我的腰，把脸贴在了我背上。"不，米尔，"她轻声说，"你说得对。如果我是你，我也不能接受。我知道我不能。"

第十一章

我母亲于2009年9月13日去世了。她活了八十七岁，我想可以算是高寿了，更重要的是，她这辈子都很幸福。不是说她日子过得不艰难（她在没有微波炉和洗衣机的情况下拉扯大了八个孩子，而且做得不错），只是虽然我父亲差不多早她二十年便走了，但她从来都精力十足。因为我们都和她住得很近，我们几个兄弟姐妹中的大多数每天都会过去看看她，你绝不会看到她没事干。过去我的外甥女简——凯伦的女儿，每个月都会去她那里让她帮忙梳头，如果特里或我要出去一天买什么东西，她也总会帮我们看家。

尽管我们心里都明白父母不可能永远活着，但当那天早上格伦过来敲我家前门，透过邮箱大喊着叫我们赶紧过去，因为他们觉得妈妈中风了时，我还是感到很吃惊。

妈妈住在我们这条街的街尾，她和我父亲在这里建好第一批房子的时候就搬进来了，但我知道她很有可能会被直接送往医院。于是我一穿上衣服便和格伦一起把车往后开，等待救护车的到来，救护车一载上她和我哥哥莱斯离开，我便加入了尾随在后的我所有其他哥哥们的行列。

我们在医院和我姐姐凯伦以及她丈夫会了面，我可怜的姐姐把心都快要哭出来了。医生没有花多少时间检查她的病情。他们说妈妈无疑是中风，而且还很严重。她没有办法清醒过来，我们得做好最坏的准备。

而最坏的情况半天后便发生了。妈妈被送往癌症病房，恰好就是安吉过去做化疗的同一间病房——24号病房。第二天上午十一点妈妈在那里病逝。我们都陪在她身边，轮流抓着她的手，抚摸她的头发，她的头发柔顺，及肩长，还是灰白的——甚至都没有全白。他们给了她能想象得到的最好的照顾。尽管她绝不会知道，她死得那么有尊严，我无论如何都表达不尽对那间病房护士的感恩。尽管她失去了意识，感觉不到痛苦，她们依然那么深情地照料她，帮她擦脸，把她的枕头拍蓬松，梳理她的头发。

她走得太突然，都没有给我们道别的机会，这令人沉痛，但反过来想想，她死得很安详，并且死的时候被爱她和关心她的人所环绕——这也恰好是一直以来她给我们的所有那些爱和关心的反映。

今天不知为什么我想起了妈妈。她已经离开一年多了，时间飞逝如梭，想到这，让我直接想到时间。安吉还有多少时间呢？她的时间也会过得那么快吗？

今天上午我们要去谢菲尔德的牙科医院，安吉和我，而格伦则会待在我们家帮忙照看孩子。医院终于决定安吉可以进入择泰的试验了，在事情开始运转一整年后（至于她的医生提醒过我们几次我就不提了）——安吉拔牙的预约终于通过了。

这趟车程大约十五英里，我们俩都无甚期盼。安吉异常安静，一点儿都不像她一贯话多的性格。最终她叹了口气。"我害怕这个，米尔。"她对我说，"我只想把这件事赶紧做了。要是已经做了该有多好啊！我已经在害怕了。"

我为她感到无比难过。她已经遭受了那么多，而现在还要受这份罪。而且尽管我知道，服用择泰也许能让她和我们待在一起的时间多一点儿，但要把她所有牙齿都拔光，将会带来太多痛苦。我发现自己开始理解为什么安吉对继续更多治疗心存犹豫了。谁会愿意经受这样可怕的事情呢？

但好像那还不够惨似的，我们到达医院时，他们告诉我们，他们不能给她提供假牙。她得去找我们自己的牙医帮她做一副，而这一过程将要好几个星期。我震惊莫名，而素来坚强的安吉也几近落泪。

"什么，你是说……"当她开始明白牙科医生的话时，她倒抽了一口冷气。"你打算拔光我的牙，却不给我装上假牙？"她结结巴巴地说，我能听出她声音里的恼怒。"你的意思是我得嘴里没有一颗牙地走出这里？"她恐惧地摊开手掌，眼里闪烁着晶莹的泪花。"那我吃东西怎么办？"

医生很抱歉，说我们应该已经得到通知要事先准备好假牙，但我感到挫败。没有人告诉过我们，我们怎么可能会知道？他建议我们先回去把假牙做好，然后他们可以跟我们另约个时间，但我告诉他我们不会再来打扰了，我们已经等了一年，如果这副假牙将由我们自己的牙医来做，那我们最好也让他把安吉的牙拔掉算了。

情况就是这样了。安吉白白承受了这么多压力。而现在她得重新经历一次。我们在回家的路上去看了我们自己的牙医。

安吉牙齿的问题让我们俩都很烦心。尽管拔牙显然是必要的，但感觉是如此残忍——简直就像一种暴力行为——现在她终于有了准备好的假牙，我知道她的担忧才真正开始。

想到要为孩子们保持这份坚强对她来说有多难，我只能很努力地让自己保持轻松心态。我知道我必须按照她希望的方式来做：试着不再去提主宰我们生活的癌症，如常地过我们的生活，假装一切都很好。因为这是她真正希望的——让每一天都成为特殊的一天。而不是彼此站在对立面，我板着个脸，不顾一切地、斗志昂扬地发动战争。我们要将这段日子添进孩子们的幸福回忆，在她离开人世后支撑他们。

知道安吉将要拔光牙齿，吃东西很快将会成为一种折磨，接下来的周日，我难得一次地决定配好所有配料做一只烤鸡。

最近大部分周日上午我都亲自下厨，不管怎样，这个时间安吉都会带小家伙们去看她爸妈。

安吉的父母现在已经年迈——赫伯特九十一了，温妮八十七。不过以赫伯特的年纪来说，实在不可思议，他非常健康。他很好动，总是在他的花园里忙个不停，不是在照看那一大片从播种到长大他都亲手负责的花儿，就是在花房里照看他喜爱的西红柿。

然而温妮的身体就没有那么好了。她越来越虚弱，走路老是跌倒，因此赫伯特经常打电话给我（我们住的地方只隔了几户人家），让我帮他一起把她扶上床。

我愿意为赫伯特和温妮做任何事。他们就像我的第二对爸爸妈妈。我记得我和安吉约会那会儿，他们是多么欣然地接受了我并对我疼爱有加。那时候我在矿井下上完白班后就会去他们家，我总是还没回家就想过去看看安吉，而温妮总是会为我做一顿烤肉大餐，是你能见到的最丰盛的烤肉大餐。

房子似乎许多天来第一次一片宁静，我开始飞快行动。把鸡肉拿进来，把所有蔬菜都准备好，做好所有的配料。全部工作准备就绪：烤土豆，填料，三棵蔬菜，猪肉馅儿，约克郡布丁——所有工作。

"谁说男人不会做饭的？"我问鹅卵石，它正在我旁边的地板上耐心等待，希望能得到一些残渣。我为自己的努力感到荒唐的骄傲。当然了，我自己闻不到香气，这多少有些遗憾，但我喜欢去想他们全都跑过来吃饭的时候能闻到。

他们都饥肠辘辘——他们总是这样——他们等不及要尝一尝。

"哇，爸爸，闻起来真香！"康纳陶醉地嗅着说。

"啊，米尔，"安吉补充道，把头从餐厅门边转过来，"你把餐桌也摆得那么漂亮。"

甚至小科里都加入了进来，边走边揉着肚子。"我要吃好吃的，我要吃好吃的！"就像他一贯那样。

但当我让大家坐好，大家开动起来后，康纳立即做了个鬼脸。"爸爸，"他皱着小脸说，"太难吃了！"

我环顾餐桌四周，看到其他人脸上是同样难以下咽的表情，安吉尝了尝，露出厌恶的表情。又是厌恶，又是好笑，是的，但总归是厌恶。

"噢，亲爱的，"她说，把刀叉放下，"这是咖喱。你放的是咖喱酱而不是肉汁。"

我们一群群拥到厨房，她立即就看出了我犯错的原因。橱柜里有两个圆罐—— 一个是比思图鸡肉汁，另一个是比思图咖喱酱。两个圆罐都是橘色的，我用错了罐。又因为我没有嗅觉，所以没有发现自己的错误—— 一个毁掉我们周日完美大餐的错误。

这不仅是个让人丧气的错误，也是个昂贵的错误。现在没有人想吃了——就算我们把所有的酱汁刮掉也一样，大家的食物已经开始变凉。整顿大餐最终进了肥料罐。罐子都漫到边沿了。令人心碎。

我不知道有多生自己的气。这么大的努力全都白费了，而且最重要的是，孩子们显然很饿，他们开始吵起来。但一如既往，是安吉淡化了这一状况。她只是笑个不停。她的眼神每一次和我交会，她都哈哈大笑，所以等我拿了车钥匙再去买食物来煮时，甚至我自己都看到了好笑的一面。天哪，我一边沿着马路往前开车一边想，没有了她我该怎么办？

七月，我们的银婚纪念日即将到来，这一次我试着不去疯狂地寻找治疗方法，而是把全部精力投入到给安吉惊喜上。毕竟，这也许是我们共度的最后一个结婚纪念日了。

安排好瑞安和达蒙回来帮尼斯在周末照看小家伙们，我偷偷地给我们俩预定了几天去北威尔士兰迪德诺的假日。那是我们钟爱的地方，距离里尔海岸只有几英里远，我们年轻的时候在那里度过了许多个难忘的假日。

我们喜欢去里尔。安吉的父母也是。他们每年都会去那里度两周暑假，也总是订爱德华·亨利街上的同一个套间。我遇到安吉，成为他们家的一分子后，我也会去。因为我们人太多，他们不得不订一辆小客车，去的人有安吉的哥哥尼尔和他的妻子黛安娜、她的哥哥德斯和他的妻子林恩，还有她离婚的姐姐黛安娜（她后来嫁给了我哥哥特里）与她的小儿子乔纳森——当然了，还有我们。

我们也形成了一种模式——安吉的爸爸会一整天在孩子们的划船池旁躺在一条毛毯上晒太阳，每天午饭时间，从市场回来后，温妮会拿着一大袋野餐和我见过的最大瓶的咖啡去陪伴他。

我们其他人则来来去去——安吉和我大部分时间会和尼尔以及黛安娜在一起——然后六点整，我们准时回去吃晚饭。

接着便是夜间外出，通常是去维多利亚俱乐部。就是在那里我第一次接触了宾戈游戏。而且我也有些生手的运气——或只是我臆想的——因为在拥挤的俱乐部里，我很快就来了个同花顺。可惜我闹了个乌龙。我听错了呼叫，划错了号码。我想我永远都不会忘记听到那个男人喊"错误呼叫"时自己有多难堪。我当时只有十八岁，脸红得都能滴出血来了，感到自己蠢得不行，简直想找个老鼠洞钻进去。而整个过程中安吉则笑得合不拢嘴。

自此以后我再也没有玩过宾戈。

直到我们动身的前一天，我才告诉安吉我们的银婚之旅，她欣喜若狂。

"呀，米尔，"她说，"哇。就算在曼彻斯特走丢了我都不介意。实际上，如果我们在曼彻斯特不迷路才怪呢，对不对？如果我们不去看看奇德尔才不一样呢！"

我们去过奇德尔很多次，你会以为我们在那里也有一个家。我们每次一靠近曼彻斯特就会卡在那里。从我通过驾照考试，安吉和我能自己开车开始就一直这样，这件事让安吉的爸爸没少乐。我们会不停地在原地转圈，但不管安吉指路的能力有多强大，我似乎总是在错误的时刻出现在错误的巷子里，往完全错误的方向行进。而且总是同样的错误方向——好像我们在这个地方有住处一样。

"你去哪里了，小伙子？"当我们比其他人迟一个小时终于到达时，赫伯特会哧哧笑着问，"又去参观奇德尔了？"

尽管我们手头吃紧，但我决定度假还是选择高端服务。我预订了我能找到的最豪华的四星级酒店：圣乔治酒店。这一次，因为时间少得可怜，我不想在北威尔士兜圈子。重返奇德尔虽然有趣，但我想让一切都顺利进行，因为这对我们来说将是一段特别的时光。于是我让安吉给她哥哥尼尔打电话，问我们能不能借他的导航用用。

"你知道吗，米尔？"当尼尔把那东西给我们送来时，安吉说，"你需要的正是这个。想想看，如果我们有这个，这些年我们该省下了多少汽油费。只是我们懒得去想，不是吗？"

我尽量不去想哪一天安吉会不再坐在我身旁，一门心思地找路（我们的确在曼彻斯特经常迷路），等到我们终于到达北威尔士时，我真的能勉强把那个问题先放下了，全身心地投入到给安吉能想象得到的最好的周末上，活在当下，期待着像对待真正的公主那样对待她。

这将是一次盛大的款待，因为我已经预订好了。我在预订房间的时候，他们主动提出了一个项目：他们称其为夏日时时乐[1]。这是供二人食用的三道菜品，里面甚至还包括两杯鸡尾

---

1 Sizzler，主要特色是吃素。

酒，总价二十英镑。我预订的时候似乎很划算，而现在，当我们把车停下来，看到这家酒店有多豪华时，似乎感觉更划算了。酒店面朝大海，整个海湾的风景尽收眼底，美不胜收，而且在我们到达时，大海正闪耀着诱人的光彩，整个地方看起来是那么美——就像一张明信片。"哦，米尔，"我们踏着豪华入口处的台阶往上走时安吉喊道，"我感觉自己像皇家贵族。"

这天天气晴好，于是我们手拉着手漫步去了商店。安吉想去四周看看，给孩子们买些礼物。在闲散地逛完回来后，我们俩都感到完全放松了，今天是我们的结婚纪念日，更确切地说，我们难得有一次单独在一起的机会，我们最后上了床。

没过多久我的手机就响了，我想会不会是瑞安或达蒙，怕是我们的哪个小家伙出了什么问题。但结果却是我们的特里。"哎呀，伊恩，"他说，"你们在那里情况如何？你们吃到你订的夏日时时乐了吗？"

我看着身旁的安吉。"吃到了呀，我们当然吃到了。好吃得不得了，让我咬一口！"

安吉晃了一下才明白过来。"米尔！"她说，吓坏了，"你这个疯子，你！羞死人了！真的！"她拉起毯子捂住头，但我听得出来她其实是在笑。

自从晚餐开始我脸上就一直挂着笑。

但这种愉快的心情没有持续整个晚上。怎么可能呢？晚饭后，看到天气这么暖和，我们决定沿着海滨人行道去散散步，我们一找到一条我们喜欢的长凳，便坐了下来看日落。

这里不光有我们。我目光所及之处都是其他在散步的伴侣。我的视线忍不住被吸引到附近所有上了年纪的男女身上，他们要么像我们一样坐在长凳上，要么就是手牵着手在海边散步。我坐在那里，安吉把头依偎在我的手臂和肩膀之间，我想起了我们青春年少时对彼此说过的所有那些话。等到我们老了，我们所有的孩子都长大、飞走了的时候，我们将在松威客买一辆拖车，将经常去那里。每当我们看到一对稍微上了年纪的夫妇手挽着手、拖着步子行走时，安吉便会咯咯地笑着说："你能想象我们什么时候会变成那个样子吗，米尔？"

所有那些都过去了。现在我们不可能有那个时候。我感到心如刀绞。因为知道我们永远等不到那一天而痛苦。

第二天我们去了里尔，这似乎只强化了那已然哀伤的色调。这个从七十年代起就承载着我们许多情感的生机勃勃的地方——拱形走道上射出的五颜六色的灯光，热狗、烤洋葱的香气，从露天游乐场传来的女孩的尖叫声——已经变成了一个悲伤而空洞的阴影。游乐场用木板封住了，大部分酒店已经关门，我们迫不及待想要去玩的露天游乐场——我们曾经在里面玩得那么开心——现在长满了野草，一半被掩在生锈的波纹板后。

这让我们都打了个冷战，我们决定不再在这个鬼镇逗留。"这真让人难过，对不对？"安吉说。我表示赞同。我想带她到这里来，是为了重温我们有过的数不清的美好回忆，但没有成功。看到这个地方现在这个样子只让人感到压抑。她捏了捏我的手臂。"我们回去吧,好吗,米尔?我们不要在这里逗留。埃拉和科里会想我们这会儿怎么样了,对不对?我宁愿回家,把礼物送给他们。"

我也是这么想的。比起回忆过去,我现在更想憧憬未来。只想要更多现在。我们匆匆赶回家。回到我们生活的地方。

第十二章

照片在生活的大框架中到底有多重要？不太重要。反正对大多数正常人是这样。一张画也许能描述千言万语，而一张快照抓住的则是一瞬间，但重温过去的照片，去回忆感伤，总体来说有帮助吗？答案是否定的。试着活在现在更好。

但如果你爱的人即将死去，你便不会再去考虑所有那些。当你知道时间苦短，那个人在你身边不会再待多久，知道至少还有照片可以想念是一种安慰。所以，当我们到达兰迪德诺，突然想起我们忘了带相机时，我们马上跑去买了几个一次性的照相机，好为我们的结婚纪念日之旅拍下海量照片。

从我把照片交给冲印店起，安吉就一直在我耳边唠叨着要把照片取回来。于是过了几天，在顺便拜访了一下赫伯特后，我便去了冲印店取照片。但出现了意外。那个女孩花了好长时间找照片，回来的时候给我带来的却是坏消息。

"实在抱歉，"她说，"没有冲洗出照片。胶片被损坏了。"

"损坏了？"我说，"怎么损坏的？我们把胶卷送到这里来的时候还是好好的。"

她摇摇头。"不，是在我们这里弄坏的。我们的一台机器出了故障，把两卷胶卷都毁掉了。实在抱歉。"她再次说。

我的心为之一沉。我知道安吉会伤心死。我也知道原因。那和她之所以这么迫切地要买一次性相机的原因是一样的。她的目的是想等到她不在人世的时候，我能有些照片来回想我们结婚二十五年的纪念日。

"一张都不能挽回吗？"我问那个女孩，"每一张都损坏了吗？"她告诉我说是，我解释说这是我们的银婚纪念，安吉的癌症已经到了晚期。这些理由显然无力回天，但等到我把话讲完，女孩的神情甚至比我更紧张。

"我告诉你我们可以怎么做，"她说，"你们有没有一张特殊的照片？我们可以给你放大。我们能为你把照片放大到油画布上。这样有用吗？"

我感谢了她，但我开车回家的路上，不知道有多害怕把这件事告诉安吉，而当我真的把真相告诉安吉时，她一如我所料的那般悲痛难抑。冲印店给出的是一个善意的姿态，我很感激，安吉选了一张照片给他们为我们放大，但情况已经够糟糕的了，老天就不能让她喘口气吗？这件事对我们来说真的是一大打击。

九月到来时，安吉和她的会诊医生的预约又到了，我准备好了听到更多不好的消息。现在我们每次去医院，感觉都像走进噩梦，至少对我来说是如此，现在所有的选择都对我们关上了门，我们只能等待最糟糕的消息。然而当我们到达那里，安吉称了体重，做了体检后，医生告诉我们说安吉的病没有太大发展，这让人大吃一惊。

我试着去理解——把他们告诉我的和我每日所见的进行对比，希望它们相符，但尽管我想要相信，这对我来说却没有意义。我一直试着不去想它，因为看着它发生太令人烦乱，但我再也不能逃避现实了：我的妻子依然在我眼前日渐消瘦。安吉的衣服现在挂在身上空荡荡的。她的尺码从十变成了六，她因此也变得更加虚弱了。她现在要把小家伙抱起来都费力——尤其是科里。原因很明显：她很少吃东西。我不停地提起，告诉她科里比她吃得都多，她吃东西都是一点一点地咬，但如果我继续讲太多，她便会生我的气。"别再讲了，米尔，"她说，"我感觉很好。停止你所有那些没完没了的唠叨。"但她不好。人人都能看得出来。她还是那么咳嗽。

我想跟安吉和她的会诊医生争辩。她们似乎都下定了决心要掩饰真相——尤其是安吉。她不停地轻描淡写自己体重减轻的现象，好像这是极其正常的，她说她只是没有再吃那些垃圾食品了，如此而已。但我不相信——少吃几袋薯片不会造成这么大的区别。她不吃东西。她不吃东西是因为癌症在啃噬着她。

看着她俩合伙儿骗我，还有她不停地为她的体重减轻辩解，让我由恼怒变成了愤怒，接着我的愤怒一发不可收拾地变成了暴怒。"你难道看不出我的妻子就要死了吗？"我冲着那个受惊的医生吼道，"你看不到吗？你应该采取一些措施！"

我知道我错了，单看她们的脸色我就知道我真的错了。现在安吉和会诊医生的眼里都充满了泪水，安吉的眼神里还有些其他的——对我行为的深恶痛绝。我受到了伤害，但我只是不能克制自己不去谴责。"她的病情在发展，"我坚持说，"你得给她扫描看看！而不是就那么坐在那里告诉我什么都没改变！你得给她扫描看看她的病情到底在怎么发展！"

也许是慑于我的音量，医生点了点头。"好吧，米尔索普先生，"她终于说，"随后几周我会给安吉再预约一次扫描，并会在十一月初安排她过来看片子。但你需要明白，就算我们真的发现她的病情有发展，我们现在实际上还是什么都做不了。"她转向安吉："我们所能做的只有给你药物来帮助你缓解疼痛。到了这个阶段没必要考虑进一步化疗，就算化疗也只能在短期内缓解你的病情。"

安吉闻言点了点头。我能看出她的头低了下去，她就这么接受了。这使得我自己都忍不住想哭。他们为什么就这么任由她的病情发展？

但她的头没有低得那么低，不管怎么说没有我的头低得低。我们一出会诊医生的办公室，她便开始责备我。她怒不可遏。

"你怎么可以那么做？"我们沿着医院走廊往回走时她责备我道，"你怎么可以那样骂我的医生，米尔？你怎么能？"她转身面对我。"你知道自己在那里干了什么吗？米尔？知道吗？她差点儿被你气哭了！"

那种熟悉的懊悔感又回来了。安吉和她的肿瘤专家关系很亲密，我那么对她显然惹恼了安吉。我试着道歉，因为我最不想看到的就是安吉哭。但与此同时，尽管我为自己那样发脾气懊悔不已，但我依然不能接受这就是她能为她做的全部。我只是不能。我只是忍不住想要让她看到我正在看到的——去试着做点儿什么。否则我还能容许自己怎么做呢？谁能轻易让自己爱的人就那么死去？

回家的路上，在车里，我试图再次让她明白我为什么发脾气。"听我说，"我说，"我知道我做错了，但那是因为我觉得我必须这么做。如果你没有一直轻描淡写你的症状，而是把你体重减轻的真相告诉他们，那我就不会对她大呼小叫，对不对？那只是因为——因为我想让他们采取些措施。如果你不停地对他们说你很好，而实际情况并不是这样，那你到底指望他们怎么来治你？"

过了整整半分钟安吉才回答。

"我感到很好，米尔，"她轻声但坚定地说，"不管怎么说，他们将会给我做扫描。那我们就等着瞧好了，好不好？"

我们俩都陷入了沉默。现在她看上去病得那么重，身子那么虚弱。而她再一次告诉我她感觉很好，这让我感到更难过。她不想让任何人为了她的病再做出任何努力，就她而言这件事就这么结束了。她还在生我的气，我知道，而我也知道她有一万个理由生我的气，所以回家路上，气氛是紧张和不舒服的。

下车的时候，我试图再次和她搭腔。"嘿，安吉，"我微笑着说，"你个子是小，但脾气倒是大得很呢，小丫头。"

她透过车顶看着我，露出她那大大的微笑。我知道她比我更不想再提刚才的事。她关上车门。"我知道你只是在为我着想，米尔，所以我放过你。"她的笑意加深了，"但那得是在你帮我沏杯茶之后。"

我们一进屋，茶一沏好，我便给病人联络办公室的林恩打了个电话。她是那么耐心善良，对安吉是那么支持，我告诉她医院现在似乎彻底放弃了安吉，我告诉她我有多不安，听了我的诉说，她保证她会为我查明一切，看看她有没有办法把安吉的扫描和下一次预约提前。

与此同时，还有个严峻的考验在等着安吉，她的假牙做好了，她现在能把牙齿全部拔除了。几天后，孩子们上学去了，我只能无助地看着我可怜的妻子把所有的牙齿都拔掉。那就像我们俩畏惧的那样严酷，而且给她吃东西带来了另一个障碍，每次她想吃东西的时候都很痛苦。

"天哪，米尔，"她说，"感觉就像在玻璃上咬一样。"

而我什么都不能为她做。

林恩没有食言，她设法给安吉弄到了优先扫描权，这件事一办好她便打电话给我们，并带来了进一步的好消息。肿瘤专家答应把安吉的预约往前推到9月30号，一并看结果和回答我关于进一步治疗的问题，并向我解释她不主张安吉做进一步化疗的理由。

但在那之前命运又给了我们残酷的一击，在9月25日，安吉的妈妈被送进了医院，她病得很重，隐约感到我们即将失去她，让我产生了冰冷的恐惧。

在这个可怕的时刻，失去亲爱的妈妈是安吉最不想要的，我努力祈祷温妮能渡过这次难关。但苗头不好，28号，我们最坏的担忧得到了证实：我们接到电话说她的病恶化了，我们最好都赶去医院。

像我母亲一样，过程很快。温妮在那天晚上便与世长辞了，她死的时候全家人都围在她床边，包括与她共度了五十七年的亲爱的丈夫——赫伯特，也是我现在最为担心的伤心人。

"求你了，上帝，"我听到他抓住她了无生气的手小声说，"求你了上帝，求你也把我一并带去。"

很特别的是，尽管安吉心乱如麻，却更担心自己的父亲。我们从医院回到家时是子夜一点，大家都筋疲力尽，尤其是安吉自己。我知道过去几天真的把她掏空了——不管是身体上还是精神上。赫伯特现在已经回家了，尽管是安吉的哥哥德斯蒙德和他一起回家的，安吉依然放心不下，想让我过去看看他是不是还好。她对我说，她只是不能忍受自己去想，父亲回到家，知道温妮再也不会回来了。

"你能去看看他吗，米尔？"她问我，"只是过去确认一下他有没有事？否则我根本合不了眼，我知道他看到你会感觉好很多。"

于是我过去了，发现赫伯特坐在客厅里，坐在他惯常坐的摇椅里，一动不动，一声不吭，悲痛那么清晰地刻在他脸上。但他没事，他向我保证。我相信他的确没事。他是个坚强的男人，这才是赫伯特，我看到他也感觉好多了。

德斯蒙德已经给他沏了一杯茶，所以他不需要我为他做什么。除了一件事，他会向我开口，让我感动不已。"你能帮我安排葬礼吗？孩子？"他问，"我知道这件事交给你来打理我很放心。记住，要办得最体面。钱不是问题。要办得最好，孩子。你能帮我办到吗？"

我告诉他我很荣幸能为他效劳。

离开前，我再次问他是不是真的没事。"我很好，米尔，"他告诉我，"生活得继续，孩子。去吧，回家去。回到我们的安吉和孩子们身边去。"

不出所料，我穿过马路时安吉还没去睡，她在等我。"他怎么样？"我一进屋她便问道。我把筹办葬礼和赫伯特对我说的话告诉了她。她笑了笑，握住了我的手。"他说得对，米尔，"她对我说，"生活的确得继续。"

我知道她这句话是对我说的。

第二天早上，把孩子们送到学校，把科里送到托儿所后，我便离开了安吉和埃拉，直接去了沙福通的葬礼承办人那里。一切遵从赫伯特的吩咐——都要最好的。我为她订了我自己母亲用的同一款"最后的晚餐"棺木（是实橡木的，光泽度真的很好——简直像镜子一样），我还订了一个四英尺高的十字架放在棺材上，十字架是用鲜花和红玫瑰做的，还预订了三辆豪华轿车给亲人乘坐。

在那里时，我脑子里充斥着死亡和将死的念头。我想把它们赶走，不去想我不得不为安吉筹备葬礼的那个时刻，但在这过程中，我的脑子突然一阵清明。安吉和她所有的兄弟姐妹一样，一直都想火化，但我想让她像温妮一样土葬。然而我们家的孩子太多了，我们不能全都埋在我们父母坟边的地皮上。所以一直以来我们都达成了一致，只有莱斯和格伦拥有这个权利，他们一辈子都没有结婚。

而现在我突然想：我应该去看看能不能在温妮的坟边买块地，这样一来，当我大限将至时，我就可以躺在她身旁了。毕竟，从我十四岁起，她对我来说就像第二个妈妈，尤其是在我自己的母亲死后。

回到家后，我把这个想法告诉了安吉，令我吃惊的是，她似乎很是烦恼。"你做这个干吗？"她问，"你还有许多个年头可活。"

"我知道，"我安慰她，"我只是想把这件事先办了。我总有一天会死的，对不对？与其孤零零地被埋在一处，我还不如和他们埋在一起。除了你父母身边，我想不到自己还会愿意躺在哪里。"我咧嘴笑了，想驱散她脸上的愁云。"嘿，那就像我们过去躺在里尔的沙滩上晒太阳一样，"我对她说，"而且我还能和你爸爸好好聊聊天呢。"

安吉终于也笑了。然后她紧紧地抱住了我，没有说话。

她什么都不需要说。尽管我强颜欢笑，但悬在空中的"孤零零"一词是那么沉重。

第十三章

温妮死后第三天，我们去医院见肿瘤专家。

安吉很安静，这不像她，我知道她很想念她妈妈。每次我溜出房子去例行查看赫伯特，或出去跑腿儿，我都知道她在哭。我能从她充血的眼睛看出来。但她就像她爸爸一样，是安吉：她宁愿把悲痛埋在心里，强自振作，尤其是为了孩子们。

而现在我们还要应付这个。今天是我们去听安吉扫描结果的日子。我们先去见病人联络办公室的林恩·汉德利，她将和我们一起参加会面，我想我们都知道，我们将要听到的是坏消息。我甚至能从林恩看到我们时震惊的神情看出来。我能看出来她在打量安吉，注意到了她现在骨瘦如柴。而这并不令人惊讶。如果说她之前只能勉强吃点儿东西，那她现在几乎完全吃不下东西了。悲痛彻底夺走了她的胃口。

当然了，林恩对温妮去世的事一无所知。"你感觉怎么样？"她问安吉，显然注意到了她苍白的脸孔。我告诉她安吉的母亲在两天前去世了。"噢，安吉，"她喊道，"真是抱歉。听我说，你想把这次会面改个日子吗？"

安吉摇摇头，勉强挤出一丝微笑。"不必了，我宁愿早点儿把事情办了。"她说。

尽管我们不知道将要听到什么消息，但当我们一行三人走入诊疗室坐下时，我依然感到恐惧。安吉的肿瘤医生从她的电脑显示器上抬起头瞥了一眼，解释说她正在看影像。她在屏幕上把影像往上拉，仔细观看，房间的气氛很紧张，当她扭头看着安吉时，我能看出她是真的吓到了，我也知道她将告诉我们不好的消息。我猜对了。她一脸悲伤地解释说安吉的癌症继续发展了。

"实在抱歉，"她说，"但现在癌症扩散了。发展到了你的肺部和骨髓里，这里也出现了一些新的东西。"她接着解释说，安吉的骨盆里现在也有一大块，看上去好像是在她的一个卵巢里。

房间里一片沉寂，我们试着去理解这个消息，我感到眼泪再一次刺痛了我的眼睛。然后，在会诊医生解释说现在是时候让安吉开始姑息性化疗时，安吉做了一件出人意料的事，让大家都感觉好受了一些，而按理说，情况应该是恰好相反的。

她哀伤地看着医生，拍了拍自己的头。"我想这次我又要变成光头了对吗？"她说。

医生难过地点了点头。"恐怕是的。"她肯定了安吉的想法。

"那么这次，"安吉坚定地说，"我来主宰。一开始化疗我就让我嫂子帮我把头发剃掉。"

安吉说这番话时我朝林恩瞟去。尽管知道安吉有多坚强，但她能这么坦然地接受这一切，还是让我们所有人吃了一惊，而我也知道，安吉之所以同意化疗只是为了我和孩子们。否则她怎么会愿意再经历一次化疗？怎么会有人愿意掉光头发，总是一副病快快的样子？更别提吃不下东西了，这点林恩也对医生提过，医生给她开了些补品，帮她补充一些能量。现在安吉的牙齿没了，她终于能服用择泰来帮助抑制骨髓里的癌细胞了。她还要进行一次扫描，这次是扫描肝脏，为的是看看那里有没有什么情况。

我们头晕目眩地离开了医生办公室，要吸收的信息量实在太大。但比起其他，有一件事我牢牢记住了。我们最初的预约是定在11月14号。我们之所以能今天到医院，是因为我对医生施压，把预约提前了。但就如扫描显示，安吉的癌症已经有了这么大的发展，为什么医院不在结果一出来就通知我们？他们就这么放任不管，任由它长到现在？

我把这番话对林恩说了，问她怎么想。"他们为什么不给我们打电话？"我问她，"如果扫描显示癌症一直在发展，他们为什么不跟我们联系？如果我们没有请他们把预约提前，我们就要一直等到十一月中旬才会知道，对不对？"

林恩显然不知道怎么回答。她怎么会知道呢？

"我想回去，"我对她说，"我想回去问问医生。"于是林恩同意进去帮我问问看医生愿不愿意再见我。医生同意了，我进去了。但她也不能回答我的问题。

"米尔索普先生，"她解释道，"我自己也是刚收到扫描结果，我看到的时候和你一样震惊。"既然她上次见到安吉时没有想到有任何发展的临床症状，那她就没有理由认为扫描会显示什么不好的迹象。她解释说，如果扫描结果一周前送到了她这里，她自己也会把预约提前的。

"但如果你对现在的情况不满意的话，米尔索普先生，"她解释道，"你当然可以向医院投诉。"

我告诉她我也许会，这对我来说有很大好处。我们要面对的是现在，对不对？是安吉要面对的。我回到外面，安吉还像我离开她时一样迷惘不安，我知道自己这样对她没有好处，我试图冷静下来，但发现很难。我只是太紧张了。

"你没事吧？"林恩问。她显然看出我有多焦虑。"听我说，你们要不坐下来休息几分钟？"

安吉顺从了，她低下身子坐到了一个座位上，脸上呆滞无神。但我没有。我做不到。我气极了。这太令人沮丧了，但转而我又想：就算他们早点通知了我们，又能怎样呢？也许这对在她体内肆意扩散的残酷疾病不会带来任何改变，但被蒙在鼓里却让我很不舒服。

但归根到底，是可怜的安吉要进行这场残酷的战斗，而不是我。是她要服用那些可怕的药物，服用那些补品，掉光头发，忍受更多的扫描和检查，过着没有牙齿的生活。有这么多事情要做，感觉有点儿像是在跑一场马拉松，而不是她真正在做的：抵挡死亡。

在所有这些当中，她还要把母亲下葬。生活对她还能更不公平一点儿吗？我想不能。

埃拉到了不需要那么多睡眠的阶段，因为杂七杂八的事情，特别是我们去了医院一趟，她今天白天比往常睡得多，结果到了晚上九点她还没有一丝睡意。

既然在她睡意来临之前把她放到床上一点儿用都没有，于是我们便没有去操那个心。她在睡觉方面从来都不让人省心，也因为自她出生后发生了许多其他事情，我们也没有精力对她严加管教。相反，既然她都是和我们一起睡的，于是我们便形成了习惯，等她在沙发上睡着了，我们上楼的时候一并把她抱上去就行了。我们曾试过把她早点儿抱到床上，结果她一路尖叫，把其他孩子全都吵醒了。但凡是心智健全的人，谁会在这个时候想要那些哭闹和烦恼呢？她很快就会睡着，而现在每天都弥足珍贵。

所有那些我都看在眼里，清晰得令人痛不欲生。埃拉坐在客厅地板上，玩着她的一个玩具娃娃。那是她最喜欢的一个——她叫它公主娃娃。娃娃穿着一件粉红色的裙子（埃拉什么东西都喜欢粉红色的），金黄色的头发齐腰高。她现在正拿着一把粉红色的小梳子在给它梳头，一边梳一边自言自语，咯咯笑着，扮作她的妈妈，说着安吉给她梳头时说的同样的话。

电视开着，放的是有关野生动物的纪录片，但我知道安吉并没有真正在看。实际上我没法不注意她正多么专心地注视着埃拉。

"噢，米尔，"她喃喃道，脸因顺着脸颊无声流下的眼泪而闪烁着光芒，"我是多么想亲眼看到我们所有的孩子长大啊。"

我拥住她，把她抱紧，搜索着能说的话。但我找不到，因为根本就没有。我们俩都知道安吉不能活着看到他们全部长大。我知道我们应该感恩她能陪伴我们三个大儿子度过童年，但至于其他几个，他们的童年还很长。我甚至都不敢让自己去想生活中接下来的每一步——将来那些婚礼和新生的婴儿。也许小沃伦将会有一大帮新的同辈玩伴。而最让人烦恼的是，她该有多想像自己母亲对她那样带着两个女儿周日去购物。

然而那些都是痴心妄想。我们只能以周和月来度日。我无比虔诚地祈祷，但愿在她做完她即将开始接受的化疗后，她还能陪我们帮埃拉度过她的第四个生日。除此之外，我甚至不忍去算时间。我只知道，如果我能用自己的命来换她的命，我会乐意之至。我会毫不犹豫地这么做。最让我忍受不了的是命运的不公平。它错了。如果我们中的一个要死，那死的人应该是我才对。毕竟怀胎十月生下我们每一个孩子的人是她，是她把自己的一点一滴都奉献在了把他们抚养长大上——而且她把他们抚养得那么好。家人一直是安吉生活的全部。是的，我也在——我当然也在——而且，是的，我对他们的爱丝毫不比她的少，但她是他们的母亲。她是不可替代的。她的孩子们需要她。

但我们不能交换位置，现在我心里总是想着，有一天我们的孩子将会成为没妈的孩子。而当那天真的到来时，我将要肩负起填补她留下的空缺的可怕的、几乎无法完成的任务。安吉显然也想到了这点，因为在第二天早上，她问了我一个令我吃惊的问题。

"米尔？"她突然问道，"科里的生日是什么时候？"

那是上午十点左右，我刚外出处理完所有的事回来：送孩子们上学，跑去镇上取了些钱，去看望赫伯特，看看他今天有没有什么需要做的。现在我们刚坐下来享受五分钟的宁静，喝一杯茶，接着我便要开始做午饭，而埃拉则在客厅地板上玩她的玩具。

我们按部就班地生活着，一切都是那么正常，正常到让人产生错觉：生活是正常的，但接着我知道这正是安吉想要的：像往常一样生活。吃完午饭，我清理完厨房后，就又到了接孩子们放学的时间，那之后我就要帮他们换下校服，好不让他们把衣服弄脏，然后在他们出去和朋友们一起玩的时候，我会去沏茶，再然后便是我们大家一起看电视的时间，我们会一直看到八点左右，接着便是洗澡睡觉。和上学的每一天一样。好像我们还有大把的日子一样。这就是她想要的。让那样的日子如流水般度过。

此刻我看着她，困惑了。我不确定她为什么这么问。毕竟她从来没有忘记过科里的生日。

"12月13日，"我说，"至少我认为是。"

安吉摇摇头。"不，错了，米尔。是9号。你想的是康纳的生日。康纳的生日才是13号。记住，是6月13号，"她补充道，"不是12月。"

她看到我开始明白她在玩的游戏，又笑了。"好吧，"她说，"尼斯。"

"4月17日。"我说，这次我真的很有把握。

"错，"她说，"又是正确的月份，错误的日期。生日在4月17日的是瑞安。尼斯的是在11日。"安吉把她的杯子放在茶几上。"你得记住孩子们的生日，米尔。你必须记住。要是你忘记了他们中哪一个的生日怎么办？你能想象得到吗？你绝不能。你要把他们所有人的生日都牢记在心。"

接着她从沙发上站起来，她的茶只喝了一半。"你要去哪里吗？"我问。

安吉摇摇头。"我有东西给你。"她说着穿过房间朝壁炉走去。她把手伸到壁炉台上的钟表后面，拉出什么东西。她把它拿回来递给我。是一个笔记本。是康纳的一个旧练习本。

"给，"她说，"我把它们全都给你写下来了。"

我打开本子。孩子们的生日被一一列了出来，全都在，按时间先后，从瑞安一直到埃拉。

安吉又在我身边坐下了，但在那之前，她用力把牛仔裤往上提了提，因为现在她的裤子老是往下掉。这个动作是过去几周她经常做的，而我也不是唯一注意到这点的人。她只是不想吃东西——甚至大部分很难令人抗拒的东西。如果我去麦当劳给孩子们买什么吃的，我总是建议她买个巨无霸汉堡，她过去很喜欢吃，但现在她总是摇摇头说同样的话："给我买份开心乐园餐[1]就好了。"如果我买回来她真吃了我也会开心。想让她强壮起来是那么困难的事。

"好好看看那些日期，然后开始记，好吗？"她说，"因为我会考你。我会每天考你，直到你把它们全都记住为止。"

我看着清单，开始试着去记，那上面还有些别的东西。其他的笔记。好像是一系列规矩。

"这些是什么？"我问，指着它们。第一条是"给女儿们扎辫子，否则头发会分叉"，第二条是"必须做完作业才能上床睡觉"。

仅仅是看着它们都使我哽咽。她是什么时候写的这个？规矩清单往下继续，洋洋洒洒两页——十六条，最后一条被擦掉了。

"这条是什么？"我问她，"你改变主意的那条？"

"是要确认你把孩子们送上床去睡觉，"她说，"我本想写你在忙了一天后需要一些时间放松一下。"她对我咧嘴笑了，"但接着我意识到你其实不需要那条。"

"为什么？"我问，迷惑不解。

"因为我了解你。你只会过于高兴地把他们送上床去，所以

---

1 孩子们吃的套餐，一份小主食，一款小食和一款饮料。

你不需要我叮嘱你，对不对？"

她当然是对的。关于她写的其他项。没有什么难的。都不难掌握。只是一系列我需要考虑的日常常识问题，比如记得带埃拉去服用脑膜炎辅助剂，只允许孩子们每天玩一个小时的电脑，定期检查孩子们的头发有没有长虱子。还有其他事情，更宽泛的事情，比如把关孩子们的男女朋友，确保我们每年继续和家人去松威客。显然还有绝不能忘记他们的生日。

想象安吉坐在这里想这些事情，让我心如刀割。此刻读着笔记，我的眼前蒙上了一层薄雾。

"你不必担心，"我试着安慰她，"我们会没事的。他们都会没事的。"

看到我这么难过，她用双臂抱住了我。"我知道，"她说，"我知道，米尔。来吧，到这里来，你这个大傻瓜。"接着她亲了我，亲完后她神色坚定。"好好看看那些日子，你听到了没有？不要抱侥幸心理。因为我明天就会检查你，还有后天，大后天。我每天都会问，直到你全部记住为止。牢牢记住。"

我那天上午就开始了。我又查看了一遍清单，然后把它放回到钟表后面，并拿了些纸，然后开始把它们抄下来，这次是凭着记忆。感觉有点儿像是回到了学校那会儿，在重要的内容下面画线啦，或制定我的日程表什么的。而时钟也像学校里一样嘀嘀嗒嗒地往前走着。

第十四章

我俩都知道温妮的葬礼一切都如她所愿。好像太阳也特别出来帮我们庆祝她的一生似的，当我们唱起她最喜欢的圣歌《耶路撒冷》时，我真有一种庆祝的感觉：她不仅是我坚定的第二个妈妈，也是把我深爱的人抚养长大的人。

但紧随着令人振奋的送行而来的是更多的创伤。

瑞安和达蒙回家时已经是午夜了——真是漫长的一天。等到我们上床时，我知道安吉已经筋疲力尽，所以当我从她的呼吸声中听出她已经入睡时，我无比欣慰。尽管我自己花了一会儿工夫才睡着：我忍不住担心她——担心所有这些伤痛会消耗她原本已经脆弱的力量。

但结果我们俩都没睡多久，深夜两点左右，我们又被楼下的电话铃声吵醒了。半夜听到电话铃声总是让人心惊肉跳，我匆匆披上羽绒服，心都揪紧了。

"可能是爸爸，米尔。"我下床去接电话时，安吉焦急地说。

然而不是赫伯特。是我的侄子凯恩——我哥哥特里的儿子。

特里是娶了安吉的大姐黛安娜的那个。我们几个小时前才在葬礼上见过他们。

"伊恩叔叔？"他说，"你能过来一趟吗，要快？是我爸爸——我想他发了心脏病。"

我胃部一震。"好的，凯恩，"我对他说，"我马上就去。你叫了救护车吗？"

他告诉我他已经叫过了，于是我挂断电话，飞快地跑回楼上去找安吉，我一把这个消息告诉她，她便安慰我说她没事，不必担心她。我立即赶往特里和黛安娜家，他们就住在半英里外。

等我赶到的时候，特里已经被搬进了救护车，躺在担架上，戴着一个氧气面罩，身上插满了导管。黛安娜坐在他身旁，神色悲切。他们已经准备好出发了，我告诉他们我会开车跟在后面，一路上我都在祈祷他能平安无事。

我们到达医院后，医生给特里做了心电图，证实了他的病情。是心脏病发作。黛安娜极其不安，特里当然吓得不轻，我和他们俩待了一个小时，鼓励他们保持乐观，并安慰特里说，医生说他会没事的。

我把黛安娜送回家，然后自己又回到家，这时已经是早上五点了。我轻手轻脚地爬回床上。安吉睡得很沉，埃拉一如往常地蜷缩在她身旁，两人的脸庞在睡梦中平和宁静。但埃拉醒了，她睡眠总是很浅，当然也把安吉吵醒了。我告诉她特里发了心脏病，医生诊断他这次发作很轻，她似乎很肯定他不会有大碍。医生会给他安装一个导管，然后他的问题就解决了，医生会嘱咐他戒烟和吃得更健康一些，但他以前没有心脏病史，所以前景很乐观。

"他会没事的，"安吉对我说，她拍了拍我的手臂，"所以别担心了，米尔。"她说。我迷迷糊糊地睡过去了。不知道她的信心是从哪里来的。还是仅仅因为她已经经不起更多悲痛了？

但安吉心头有一件事，我知道是什么。那便是孩子们，哪一天她不在了，不能再抚养孩子们了，孩子们将会变成什么样；还有那个清单——她在壁炉上钟表后的那个小笔记本上写的清单。

过去一周发生了许多事情——温妮的葬礼和特里的心脏病——它们对我们最近得知的、有关她的癌症已经发展并扩散到了她身体的其他部位的严酷消息起到了某种缓冲作用。这也许是一件幸事，因为它逼迫我们不得不去关注其他事情，但与此同时，它本身就有点儿像癌症—— 一直存在，并慢慢地吞噬着我们。

至于安吉，我知道已经回天乏术。是的，她将开始化疗。但那只是因为敌人的规模增长了那么多，她现在在对付的是比自身强大得多的东西。我知道这使得她一门心思地考虑她不能再照顾孩子们的未来，而这种迫切感是前所未有的。

"全都是些小事，"几天后她对我说，"全都是些微不足道的小事，但实际上却是最重要的。是能让孩子们感到最安全的事情。"

我知道安全感现在是她最挂念的。我们没有讨论过，这太令人痛苦，但我怀疑，她像我一样在考虑我们的孩子们面前即将到来的痛苦时光，待她离开后我们所有人都将不得不经历的可怕时光。再多的咖喱鸡肉或椰肉包或熨烫得齐整的衣服——尽管重要——却也不能帮他们独自度过那样的时光。

现在所有的家务活我差不多都驾轻就熟了，我背熟了孩子们的生日，还有不计其数的安吉为孩子们做的那些小事，每次她想起一件便会叫我，我会跑过去。比如现在，她正在给科里洗澡。

"你得小心不要把肥皂弄到他眼睛里。"她解释道。她示范给我看怎样用手抓住他的后脖颈，在把洗发剂冲洗掉时怎样叫他把头往后仰。"否则他会惊慌，"她解释说，"对不对，宝贝？"

另一天晚上她也给我做了埃拉做噩梦后安抚她的示范。埃拉还是睡在我们的卧室里，因为这是唯一适合安置她的地方，其他两间卧室都已经满得要爆了。尼斯和康纳共用一个房间，另外三个小的睡在一张双层架子床上，底下一张大床，上面一张小单人床。杰克和科里睡在下面，杰德睡在上面，再加上他们所有的玩具，房间里几乎连只猫都转不动。

这意味着现在在我们卧室里有一张婴儿床的埃拉十有八九会爬到我们的床上和我们一起睡。我认真看着，试着记住安吉揉埃拉背部的每一个动作，是那么的温柔。幸好天太黑，她看不见我脸上极其痛苦的表情。

学会所有这一切，包括准确地记住孩子们的生日，是那么难，但我知道我不得不这么做，因为那一天迟早会到来（但愿它不要来得那么快），到时候所有这些小事我都要亲力亲为，每一次我都要自己来。

但我再一次感觉到安吉的时间紧迫感比我更强。次日那个秋天的午后实在是天赐的：风不太大，气候干燥，阳光明媚，夕阳西下，但很温暖，小一点的孩子现在已经放学回来了，在后花园里，趁着天还没黑在外面玩耍。而过几天安吉就要开始化疗了。

康纳很快就要从伙伴家回来，尼斯也将下班回家，然后我就要开始沏茶。而此时此刻，孩子们到处跑来跑去，宣泄过剩的精力，我们则在享受着几分钟的宁静。安吉站在壁炉镜前梳头发；我坐在摇椅上读晨报。

我们还没看到埃拉，就先听到了她的哭声。是一种熟悉的哭声：要么是有什么事没有如她的意，要么就是她在花园里摔了一跤。结果表明是后者，她夸张地抓着擦破的膝盖走进房间，就像她之前做过的许多次一样，直接穿过房间朝她妈妈跑去。

她张开双臂，等待安吉把她抱起来、拥抱她，我没有理由认为安吉不会像往常一样做。尽管她现在瘦弱不堪，而埃拉已经变得那么重了，我还是期望她会把她抱起来，让她止住哭。实际上，我只有一半心思在那上面，另一半心思还在报纸上。毕竟这是每天上演的戏码。

直到安吉开口我才骤然止住。

"埃拉，亲爱的，我很忙。我有事情要做。"她告诉她。我现在抬起了头，吃惊地看到她正指着我。"去爸爸那里，"她对埃拉说，"让爸爸照顾你。去吧。"

埃拉抬头看着妈妈，然后慢慢地放下了她伸出的手臂。她还在抽泣，我能看出她有多迷茫。发生什么了？为什么妈妈不把她抱起来，"吻好"她的膝盖呢？

但安吉什么都没说。相反，她飞快地去了厨房。她离开的时候我瞥见了她的脸。我很久都没看到她这么忧心过。我放下报纸，张开双臂，把埃拉抱了起来，抱紧她不让她扭动——她还在找安吉——我对她轻嘘，对着她的耳朵小声说："好了，好了。"

只擦伤了一点点——只要一个吻而不是石膏就能轻松搞定——我看出埃拉现在累了，于是把她放在沙发上，揉着她的背安抚她，就像安吉示范给我看的一样。不到几分钟她便开心地蜷伏在垫子中间的一条毯子底下，进入了香甜的梦中。

我走进厨房时安吉拿背对着我。她的头发现在又齐肩长了，尽管她病得那么重，她的头发还是那么浓密而有光泽，知道她有多害怕再次失去它，我感到一阵刺痛。她一动不动，眺望着花园，其他小一点儿的孩子还在那里的滑板上玩。她也没有发出声音，但我已经知道她在哭，因为我试着安抚埃拉的时候就听到了。我走到她背后，用双臂抱住她，亲吻她潮湿的脸颊。

"怎么了，亲爱的？"我说，尽管我已经知道了答案。"来吧，告诉我，"我催促道，"你心里在想什么？"

她转过身来。"别担心，米尔。"她说，用手背擦掉脸上的泪水，打起精神，像往常那样试图安慰我。我感觉很不是滋味，安吉总是觉得她有必要让我感觉好受些，而实际上我知道她自己的心肯定都碎了。"我只是认为让孩子们现在遇到问题就去找你会更好，你不这么认为吗？"

我机械地摇了摇头。这几乎是一种本能。我改不了。"别那么说，安吉，"我劝道，"等你完成这期化疗，你就会好很多。记得吗？上次你化疗完后稳定了十二个月还多。那么谁知道呢？也许你会有整整十二个月的时间，之后才会再需要化疗。"

安吉温柔地看着我，但同时我想她也对我说的话有点恼怒。"我不这么认为，"她轻声说，"米尔，我们必须面对事实：癌症现在正往我全身扩散。"

我摇摇头。"安吉，你会没事的。"我固执地说。然而，尽管这次她没有反对我说的话，但我知道那只是因为她不想逼我相信她所道出的事实。所以她将继续刚才对埃拉所做的，我意识到，尽管我知道把孩子们的需要——他们未来的安全感——置于自己的需要之前，得耗费她多少精力。待她走后，他们每一次都必须自动来我身边，因为尽管我不能取代她，但她知道，如果他们能养成这样的习惯，那将会帮他们稍微轻松一点地面对失去她的事实，她有这样的智慧。

再一次，我对自己妻子不可思议的善良心生敬畏，但与此同时，知道她在这种日常生活的改变中要经历多少痛苦，令我感到像是腹腔神经丛被人猛揍了一拳。

我搜肠刮肚地想着能说些什么来安慰她。但根本就没有。于是我抱紧她，内心无声哭泣。

第十五章

10月14日——安吉开始化疗的日子——日益临近，我实际上是在数着日子。安吉也一样，但她的原因和我的截然不同。昨天，孩子们上学去了，埃拉和纳塔利出去玩，我准备好了晚餐的蔬菜，以为安吉在客厅里看电视，但紧接着我意识到电视根本就没开。

我擦干手，给我们俩各冲了杯咖啡，想着她也许在打盹儿，但当我走进客厅时，我才发现她没有躺着，而是坐在摇椅里，低着头，手遮着眼。

"亲爱的？怎么了？"我柔声问，"我给你泡了杯咖啡。"

她没有回答，于是我把咖啡放下，跪在她面前。"安吉？"我问，碰了碰她的手背。"你还好吗？"

她放下手看着我。她的脸是湿的，眼睛是红的。她依然没有说话，只是摇着头。

"我受不了，"她说，"米尔，我害怕。而且就算我做了化疗也没什么用处。"

"怎么会没用，"我坚持道，"它会延缓你的病情。你的病情会减轻。你会——"

"是的，"她对我厉声说，"但能持续多久？几个月，如果我运气好的话。也许只有几周，对不对？而我又要掉光头发，总是那么难受……这有什么意义？感觉那么痛苦，我还怎么能享受和孩子们的余下时光？怎么值得？最终的结果是不会变的，对不对？我还是不能活在世上看他们长大，对不对？我还是会死。"

她一下子哭了起来，大颗大颗的泪珠。除了抱紧她，我不知道还能做什么。过了一会儿，我做了我唯一能做的事：提醒她，就算她能多活几天，对孩子们来说也是珍贵的。因此这么做便是值得的。

"天哪，米尔，"她突然开口，"你那次脑出血活下来了真是谢天谢地。如若不然，孩子们将会怎么样？你能想象吗？"

我搂紧她，同意她的话，但我根本不感谢上帝。如果他的计划是救我，是在他决定夺走安吉后让我来照看孩子们，那么他就错了。他大错特错。他应该带走的是我。

10月14日无论如何还是到来了，安吉同意开始化疗，我情不自禁地大大松了一口气。如果她直截了当地拒绝，我能怎么办呢？但她没有，而且我们一起床，想到药物很快就会穿过她的身体系统，击退正集聚火力要杀了她的癌症，我便感到开心了一些。尽管我知道这对她来说，将意味着又一轮折磨人的日子开始了，但知道她的癌症又将受到积极的抗击，真是令人鼓舞。尽管化疗不能最终制止癌症增长，我们终将会失去她，但我还是迫切地渴望她能和我们多待上那珍贵的几个月，多过一个圣诞节，多过一个春天，多过一轮生日，求求你了上帝。求求你了，上帝，至少在这点上别出错。

我知道安吉感觉不一样，我知道她担心我还抱着会出现奇迹的希望，我们把车开进医院停车场的一个空位时，我最清楚不过地看出她的心思完全不在这里。我觉得她根本就没有在想药物能让她多活的那宝贵的几个月。恰恰相反，实际上，她在想死亡。

我给车子熄火时，她把手放在了我的左前臂上。"米尔，"她说，"我们进去前我有话跟你说。"

我扭头面向她，想看懂她的表情，好奇她会说什么。她的表情十分严肃，有那么可怕的一刻，我以为她会对我说她又发现了一个包块。

但她没有。"你还记得你买的那块墓地吗，米尔？"她轻声说。

这个问题太出人意料，我过了几秒才反应过来。"记得，"我说，"怎么了？"

"我改变主意了，"她说，"我不想火化了。我想土葬。我想你把我埋在你给自己买的那块墓地里，米尔，这样我就知道有一天我们会永远在一起。"

我如释重负的心情简直不能用言语来表达。我一直都是那么害怕要将安吉火化。这正是我想要的，把她埋在那里，等着我。

我买那块地的初衷虽然并不是这个，但现在我为自己买下了它而欣喜不已，甚至到了欣喜若狂的地步，因为等那一刻真的到来时，我将不必恐惧地看着她的棺材滑进焚化炉。

"我们将永远在一起，"我对她说，"在我心里，永远。我再也不会爱任何人，我只爱你。安吉。你知道的。"

安吉微微摇了摇头。"米尔，别那么说。你也许会遇见别的人，如果将来你遇到了，我想让你知道，我不介意。你有你的人生要过，米尔，我想你过得幸福。"

现在轮到我摇头了。"安吉，绝对不会发生这种事，"我对她说，"我爱你。一直都是，将来也不会改变。"

"但将来……"

我再次摇了摇头。像其他夫妻一样，我们偶尔也会吵架——通常是在缺钱的时候，孩子们都很小，我们俩压力都很大，但我们总是能和好如初。我们很相配。从我们开始约会的那一刻起就是。从十四岁起我就爱上了安吉，我不会停止对她的爱。即使她不在我身边了也一样。我对她的爱永远不会改变。

"绝不会发生那样的事，"我对她说，把身子凑过去吻她，"我的生命里除了你再也不会有任何人，我向你保证。"我从车上下来，绕过去给她开车门。"来吧，"我说，"别再说那样的话。你哪里都不会去——只不过是去那间病房，然后病情就会缓和。"

24号病房本身就有点儿像一味药。安吉上次化疗也是在这间病房，所以我们对它很熟悉。一走进病房，我便感到我们在车上的谈话带来的极度痛苦消退了一点儿，取而代之的是希望和乐观。我想安吉也感觉到了。就好像这间病房有让每个人打起精神的魔力，尽管这很大部分归功于这里存在的同志情谊，但主要原因却是那群不可思议的护士。大家都对24号病房的护士有同样的感受：她们真是太好了，对所有的病人都全心全意。她们真像是人间天使。

这间病房和大部分病房是不同的，一半看来和其他病房无异，有为病人提供的男女病房，另一半却是用来化疗的。在房间这边没装隔间，相反安置了许多摇椅，那是病人坐着接受分配药物的地方。药物是通过滴液器注入病人体内的，输液时间大约一个小时，因此这给人的感觉更像是联谊会而不是在治病。女人们（似乎全是女人）都坐在一起聊着天，讲着故事，谈着癌症对她们的影响，以及她们已经到了哪个治疗阶段。

我和安吉待了大约十五分钟，当她接过一杯茶，并和坐在她身旁的女人交上朋友后，她便建议我去看看我的哥哥。

特里心脏病发后还在巴恩斯利医院。他在这里休养身体，接受血常规检查，好为转入谢菲尔德进行心脏搭桥手术做准备。

他看起来不错，考虑到他刚经历了什么，是非常不错。比起他自己，他更关心安吉。他竭力安慰我。"她会好起来的，兄弟，"他对我说，"你等着瞧好了。一旦她开始化疗，你就等着吧，她又会变得像过去一样。"我希望他是对的。我多么想相信他。

我当然信任他。我们家兄弟姐妹之间的关系都很亲密，但特里和我的兄弟关系更特别一些。他还没结婚而我还是孩子的时候，他是家里唯一的司机，常常带着我到处跑。他在我眼里有点儿像个英雄。我过去都叫他"我们的特卡"。我不敢相信他居然已经六十五岁了。自我年少时和安吉恋爱以来，时光如水般流过，我更没想到的是最后居然是我们穿针引线帮他找了个老婆。

但事情就是那么发生的。喜娘是安吉的姐姐黛安娜的房子。就在我和安吉确定关系前，她离婚了，又因为她暂时搬回来与温妮和赫伯特同住，她的房子便空了下来。

这件事在我脑海里就像是昨天发生的一样。那是十二月中旬一个冰冷刺骨的晚上，我们像一直以来那样坐在公园里我们惯常坐的台阶上，整个人都快要冻僵了。我们不介意，因为那是我们能单独相处的唯一的地方。但保暖开始成了一项挑战。不过很快就不再是了，因为那天晚上安吉突然从她的外套口袋里掏出了一串钥匙。

"当当！"她唱道，拿着钥匙在我的鼻子下晃悠，"看我拿到了什么！"

"那是干什么的？"我问她。

"是我姐姐黛安娜的，"她兴奋地说，显然迫不及待地想要告诉我，"是她家房子的钥匙。她说我们能去她家，再不必每天晚上在这里挨冻了。"

我张大了嘴。正值血气方刚的年纪，我立即敏锐地嗅到了种种可能性。我跳起来。"啊呀！那我们干吗还坐在这里？"我说。

那是个神奇的时刻。第一个晚上，安吉在燃料箱里找到了一些煤，很快便点起了一团熊熊烈火。现在我们有了约会的地方，一个温暖干燥的地方，我们感到自己是世界上最幸运的一对。

自然，没过多久我就发现我们甚至有更好的机会。几个月后，我问她爸爸我们可不可以周末在那里过夜。安吉很紧张。是的，我们现在都工作了，而且在一起也已经两年半了，但赫伯特很古板，她确信他不会同意。但她错了。他给了我们祝福，从此后那儿便成了我们的地方，周末的二人小爱巢。

都说好景不长，但这一次它却朝更好的方向发展。几年后的一天，黛安娜过来了，她想看看房子需不需要修理，当她问我认不认识什么能帮她做些装饰的人时，我推荐了特里，毕竟，一直以来给我爸妈做装饰的活儿都是他干的。"他能帮你做，"我对她说，"他很擅长贴壁纸，他叫特里。"

特里那会儿还是孤家寡人，但这并不表示他没有心眼儿，见过黛安娜几次后，知道她现在离婚了，他毫不犹豫地抓住了这个意外的机会。看他咧嘴笑的样子，我就应该知道他醉翁之意不在酒，果不其然，他投入工作没多久，黛安娜就开始跑过去帮他。那之后不久，我和安吉便意识到我们失去了我们的爱巢，那一对儿要干的绝不只是贴壁纸那么简单。

所以现在大家皆大欢喜。就在那年十二月，他们结婚了。

然而，在病房和见到特里给我的乐观心情并没有延续到医院外。当我们重新回到停车场时，我能看出安吉有多沉默，我猛地回到了现实。她那么安静，太不像过去那个积极乐观、勇往直前的她了。我怀疑她是不是听到了其他病人不好的消息，又或许想到即将到来的痛苦的几周，她深受打击。

我们上了车，开始开车回家，车里的气氛实在压抑。那天天公也不作美，灰蒙蒙的，到处都是一堆堆湿漉漉的落叶。我们甚至都不能把注意力集中到对即将到来的圣诞节的期盼上：现在化疗已经开始，我怀疑安吉不会有心情去想圣诞节，因为药物的副作用，她终日病快快的，无论她有多想宠着孩子们都力不从心。

我能理解为什么有些人选择不做化疗，这不是第一次。是的，之前安吉应付得很好，至少结果是这样，但现在情况不同了：她身体虚弱了这么多。这对她来说将是一个真正的打击，我打心眼里希望自己能替她服药。

我一边开车一边看她。她坐在那里，默默无言，手放在膝盖上，心不在焉地转动着手指上的戒指。它们像是她身体的一部分，安吉从来没把手上的戒指摘下来过。除了把订婚戒指摘下来过一次，为的是让我把婚戒给她戴上。从那以后它们就一直待在她手指上它们应该待的位置。她的永恒钻戒也是金的，上面镶着钻石和红宝石，是我在里尔给她买的。我是在一天晚上我们外出去维多利亚俱乐部时送给她的。我对她说，我想和她沿着海滨快走一下，我们俩一出去，我便耀武扬威地把它拿了出来，套上了她的手指，让它和另两个做伴。

现在我凝望着她的侧影，不知道她在想些什么。但我没有问她。不知为何，我觉得她不想让人打扰她的思路。相反，我等待着，直到找到一个合适的位置把车停下来。反正我也不能再开下去了。我的心里塞得满满的，我没法集中精神开车。

我把车开进卡德华斯和沙福通之间的一条边道。路两旁是空旷的原野，马儿正在草地上吃草，我把车拐进去停下来时，有一两匹马好奇地抬起了头。

"你在干什么，米尔？"我拉上手刹时安吉迷茫地问道。

"我只是在想，"我对她说，"你最后一次化疗是在三月，对不对？所以我是这么计划的。我们回家后我马上就去上网，我打算给咱们俩再预订一次圣乔治酒店。你认为怎么样？时间就定在你完成化疗后。这样我们就能庆祝一下了。这次我们庆祝一整周。你觉得怎么样？"

她的脸立即亮了起来。"哦，米尔，我喜欢这个主意。"她说。尽管我知道这只是在没有办法的情况下，我以笨拙的男性方式找到的一种解决办法，但不管怎么样，她就像抓住了一个救生圈一样乐于接受，这给了我莫大的鼓舞。"哦，米尔，"她重复道，"我真的喜欢。"

接着她像是想起了别的什么，脸舒展开来，露出了微笑。"那最好还是再把我哥哥尼尔的导航借来用一下，"她开玩笑道，"要不就挥霍一笔钱，我们自己买一个。"然后她咧嘴笑了，那笑就好像太阳出来了，即使它只能照亮车里。"提醒你一下，我上次好想去奇德尔。"她沉思道。接着她大笑起来，典型的安吉的笑，"不是真的！"

这不算什么，只是计划明年春天出去休个假。但至少现在我们俩有了目标。有了期待。因为我们计划了，所以我们相信死亡距离我们远了一点儿。她当然要活着看到我们的计划实现。

第十六章

幸好在安吉的调教下我已能胜任家务，现在她开始了化疗，我担心她得不到足够的休息。她也许感觉不错，但很快她就会被折磨得死去活来，我下定决心要让她尽量强壮。她总是那么不情愿小憩，我能理解时钟的嘀嗒声给她带来的紧迫感，那肯定就像有鼓在她头脑中敲。但我必须坚定。她这么瘦骨嶙峋、虚弱不堪——她只是自己没有看到。她比任何时候都需要力气；需要积聚能得到的任何能量。就好像我们处在两个对立的阵营，死亡和我，而现在我占了上风——只要化疗能起到它应起的作用，给安吉再多一点儿时间。事实上无论如何我都需要这么做，目的只是为了向她证明我能。我得尽量承担所有事情：打扫房子，照看孩子。我需要让她知道我不会垮掉，不会让她失望。我自己也需要知道——因为我面前要肩负的重大责任越来越近了。我有八个孩子，他们中年纪小的六个还需要我的庇护。那些幼小的生命都将完全依赖我。

10月18日是上学日，是在度过一个非常美好的寻常周末后的周一，而且是让人感到非常乐观的一天。第一次化疗卸下了我肩头的一副重担——我想直到上周四的治疗将它从我身上移除，我才意识到我肩上压着多么大的一块巨石。

即便如此也让我感到愧疚，因为我知道现在不得不忍受的人是她。我只能祈祷化疗给她的打击不会太大，不至于让她不想继续下去。

周六，和往常一样，我们待在家里，叫了外卖，一起坐下来看《英国偶像》。安吉喜欢《英国偶像》，而今年她对施托姆·李尤其着迷，从试音开始她就一直在追。孩子们都疯狂地迷恋"单向组合"，但在安吉眼里，施托姆是所有歌手中最棒的。"他不费吹灰之力就能获胜，"她一直说，"有那么一副好嗓子。他百分百能进入决赛。"

决赛要到临近圣诞节的时候，但我依然抱着乐观的心情。现在安吉又开始化疗了，我有信心她能看到新年的到来。但也许她没有我那么有信心——我不知道。又或者在应对现实方面她比我强。我用逃避来面对未来，而安吉则相反。

我们刚吃完外卖，都坐在沙发上看最后一段《英国偶像》，这时在毯子上睡着了的埃拉哭着醒了过来，立即烦躁地对着安吉啼哭，想要妈妈把她抱起来。这是再自然不过的事情，安吉的反应现在也是自发的。

"去爸爸那儿，埃拉，"她轻声说，"去吧，他会照顾你。"

我张开手臂。"过来，宝贝，"我说，"来吧。让我照顾你。"但她还是蹒跚着朝安吉走去,张开手臂,试图爬到妈妈的大腿上。

"呀,"安吉说,"可怜的爸爸!我敢说他现在肯定在想,我的宝贝儿不爱他了!爸爸好可怜哦!"她故意夸张表演,然后把脑袋放在我肩膀上,朝我挨过来。"可怜的爸爸!"她又说,"来吧,爸爸,我愿意让你来照顾我啦。"

这招立马起了神奇的效果。埃拉立即爬到我大腿上,抱着我,而安吉则抬头看着我,露出满意的微笑。接着轮到科里了。他扭头看到我抱着安吉和埃拉,也吃力地爬了上来想让我抱。我们四个人,簇拥着坐在沙发上,感觉很温馨。只是我不能彻底摆脱那个可怕的感觉,刚刚发生的事情为什么必须发生。

但我不得不接受,于是我接受了,周末余下的时间过得很愉快。周日很干燥,于是在看了赫伯特和吃了烤牛肉午餐后,我们带着几个小孩子去了赫姆斯沃思水上公园。那里距离我们家只有几英里远,里面有个湖,湖边有沙滩和一个孩子们喜欢的大型儿童游乐场。在他们玩累了之后,我们就用陈面包喂鸭子,这些陈面包是我们特地留下来的,因为安吉认为:既然它们可以用来喂饱那些饿肚子的可怜的鸟儿,那为什么要浪费呢?

接着,周日晚上来到了,施托姆没有杀进《英国偶像》的下一轮。甚至都没能进行清唱[1],实在不幸。但"单向组合"还

---

1 无伴奏合唱创意,仅由人声来制造旋律和节奏,俗称阿卡贝拉音乐,是现今国内从未有过的选秀节目模式。

在，为此孩子们都很高兴。尤其是杰德。她对他们无比崇拜。安吉和我则不那么确定。五分钟奇迹？我们拭目以待。

在我们家，孩子们上学日的开始通常都像是一种军事训练。因为既然安吉现在又开始化疗了，我便在一点上坚定不移，那就是不做任何有损她体力的事。我在楼下帮孩子们整理，准备上学，而她则在睡懒觉，小埃拉蜷曲着身子，在她旁边睡得很香。我让其他人七点半起床，在他们看动画片的时候给他们做早餐。接着，等他们在餐桌旁喝完麦片粥，我便到楼上浴室开始给科里洗澡，帮杰德和杰克洗漱，与此同时，康纳则在自己穿衣服和整理东西。

尼斯工作的地方就在我们家这条马路的前面，但这个时候他早就走了。他一般六点半起床，比我们所有人都早，我们还没下楼，他就已经去上班了。然后是梳头的问题，我梳得越来越好，并保持着继续训练的劲头，我飞快在壁炉前给杰德梳好了辫子。不完美（我们俩都知道），但也不难看，好孩子，她说还不错。

这就是我们要做的全部，我们准备出发了，刚好来得及飞快跑到楼上给安吉一个吻，接着他们便都又砰砰砰地下楼来，准备走了。

"再见，妈妈！"他们咔嗒咔嗒走出来时都颤声说。这再正常不过了，他们中有谁会认为自己不能再见到妈妈呢？把孩子们送去学校后，我顺道去看了看赫伯特。他告诉我他很好，就像他每天告诉我的那样，但他很安静，当我追问时，他承认他没打算给自己做午餐。

"你得吃点儿东西，"我对他说，"我去给你买点儿吃的来。"

但他摇摇头。"米尔，没那个必要。"他说。

"不，有必要，"我说，"我去炸鱼薯条店给你买块儿鱼来。"

我想他意识到了我不会容许他反对。"我十二点左右回来。"我对他说。接着我便匆匆赶回了家。

回到家时，我吃惊地发现安吉已经下床活动了。她已经洗漱完毕，穿好了衣服。不仅如此，她还在忙着清理厨房的操作台，而埃拉则坐在她的高脚椅子上看着。

我放下车钥匙，不满地看了安吉一眼。"嘿，"我说，"你知不知道自己在干什么？你应该去休息！"

她像往常那样笑了起来。"噢，米尔，"她说，"我没事。"

没事？不，她不好。"没事"这个词被大大滥用了。我滥用了它。她一点儿都不好，她处在濒死的边缘。但尽管她现在那么虚弱，骨瘦如柴，她的笑容依然照亮了整个房间。她是怎么做到的？一个病入膏肓的人怎么还能看上去这么有活力？这么有决心？她看上去的确是这样。她一点儿都不像病人。

"瞧，"她说着稍稍转动了一下身子，好像要证明自己的话，"我已经把厨房地板打扫干净了。"

也许是那个——她在厨房中间做的那个小舞蹈动作——使得接下来发生的一切过于令人吃惊。

"好了，你不要再做了，"我对她说，伸手去拿她手里拿着的抹布和那瓶厨房喷雾清洁剂。"你去坐下来，喝杯茶，休息一下。"

安吉没有反对，我想她知道我在这点上是不会动摇的，于是，她抱着埃拉走进休息室，把电视打开了，而我则去沏茶。

"我爸爸怎么样了？"我们俩都在沙发上坐下后，她便问道。埃拉在地板上玩她的布娃娃。我告诉她他不太爱说话，但吃过早餐了，我会去给他买些午餐。

她点点头。"他会没事的。他已经往前走了，对不对？"

"我知道，"我说，"但我还是担心他，他真的很想念温妮。他在紧闭的门后是怎么样的，我们看不到。"

安吉拍了拍我的手臂。"他会没事的，米尔。我们都会帮他渡过这一关。"

这让我想到安吉是多么难得，在她自己遭了这么多罪的情况下还能这么关心别人，接着我发现她沉默了。

"你还好吗？"我问，扭头看着她。

她微微摇了摇头。"米尔，"她说着把茶放下，"我感觉不舒服。"

现在我认真地看着她。她脸色突然变了，变得苍白而湿冷。

我放下茶，过去拿了个枕头给她靠，我把枕头抖了抖，放在沙发一头，好让她躺一会儿。

　　"你在沙发上休息一会儿，"我对她说，"看，我早告诉过你不要过于劳累。你休息休息就好了。也许是化疗开始产生反应了。"

　　她照我说的躺下了，但还是很难受。"我想吐，米尔，"她吞咽着对我说，"我真的好难受。"

　　接着她试图站起来，但还没站好便吐了出来，深棕色的液体猛地冲了出来，吐得乳白色的皮沙发上到处都是。

　　叫埃拉跟我们上楼后，我半扶半抱地把安吉带到楼上的浴室，在那里我脱掉了她身上弄脏的衣服，帮她清洗干净后换上了干净的衣服。

　　令我松了一口气的是，她说她不那么难受了。不过她现在左边身子有股痛劲。"在下面这里。"她说，指着她腹部的左下侧。

　　"来吧，"我说，"让我扶你回楼下的沙发上躺着，直到情况好转为止。"但事与愿违。半个小时过去了，她感到越来越难受，于是我又把她抱回楼上，让她躺在床上。

　　正午时分，我决定去叫医生。我无比焦急地想让医生给她做个检查，看看到底是什么在作祟。很有可能是化疗给她带来的毒害。然后我给我哥哥格伦打电话，问他能不能帮我给赫伯特买我向他承诺过的炸鱼。"不过别跟他说太多，只要告诉他安吉感到有点儿不舒服就行了。"我叮嘱他。考虑到他已经遭受了丧妻之痛，还是不要让他过多操心。格伦也会帮我去托儿所接科里，过后在我去找医生的时候还会过来照看埃拉。我真是感激不尽。我真不知道没有他我该怎么办。

现在我忧心忡忡，担心安吉对化疗产生了某种可怕的反应，我从外科医生那里回来时，正好看到马尔克和艾琳开车回来，便把发生的情况告诉了他们。他们放下了手中的活儿，说他们也会过来，给安吉多一点儿支持。

医生是在约半个小时后到达的，是个把黑色长发扎成一条马尾的亚裔年轻女人。我问她安吉的情况是不是化疗造成的，但她说她觉得也许不是那么回事。她看了一眼安吉，给她服用了一些缓解疼痛的药物，并告诉我们不太可能和化疗有关，因为还远没有到化疗产生反应的时候。

"我们当然需要确定，"她说，"但我表示怀疑。更有可能是因为你卵巢上的那个包块。"她对安吉说，"但没关系，我们得送你去医院。"

她亲自给医院打了电话，但因为严格来说这不能算是紧急情况，她告诉我我自己开车送安吉去医院比叫救护车更快。

我们在两点二十分左右赶到了巴恩斯利医院，此刻，我高兴地看到安吉有了点气色，她告诉我她开始感到好些了。实际上，我一停好车她便准备下车。

"你在干什么？"我急忙问，说着赶紧绕到了她那侧。

她笑了。"你认为呢？我们要进医院，不是吗？"

"没错，"我说，"但你待在这里，等我进去给你推辆轮椅来。"

安吉闻言大笑。"别瞎扯了，傻瓜！"她说，"我不需要轮椅，我自己能走！"

"话是这么说，但你最好不要走，"我坚定地说，"再说了，如果我把你放进轮椅，你就能把碗放在腿上用手抓住，这样一来，如果你又反胃，就不会吐得医院地板上到处都是了。"

她摇摇头，对我无懈可击的逻辑一挥手。"哦，那你就去吧。如果这让你感觉更好的话，米尔。"

她爬上车时还在咧着嘴冲我乐。

我们进去后，他们叫我们直接去18号病房，一到病房，一名护士便带安吉上了一张病床。医生叫我跟他讲讲安吉最近的治疗情况。"你知道安吉目前在服用什么药物吗？"他问我。我告诉他不知道，她服用的药物实在太繁杂，不过我把它们都带来了，他叫我去拿，并告诉我，我回车上去拿那些药物的时候，他会去看看安吉的就诊记录和最近的扫描。

我回到安吉的床边时他还在忙。他一看完便过来告诉我，依据扫描判断，全科医生是对的：疼痛最有可能是来自她卵巢上的那个包块。

安吉又开始痛了，全科医生给她服用的止痛剂药力现在已经消退，护士又给她服用了一剂新的止痛剂。

"按那个按钮就行，"她指着按钮说，"如果过了一刻钟你还觉得痛，我会回来再给你服用一剂。"

"我不能和我丈夫一起回去吗？"安吉问她，"我现在痛得不是那么厉害了。"

护士摇摇头。"不行，对不起。你今晚得住在这里，这样我们才好把你的疼痛止住，保持对你的观察。"

安吉对事情出乎意料的发展真正慌张起来。"但我想回家，"她说，"我不能困在这里。我得回家照顾孩子们。"

看今天的情况，由不得她选择，尽管我很想带她一起回家，但我能看出来，她是在对自己的感受故作坚强。我赞同医生的做法：我是疯了才会在她处于这样巨大痛苦的情况下带她回家。而且留在医院他们也能采取措施帮助她。

她肯定疼痛难忍，所以他们才会没过多久又来给她服用了更多止痛剂——以至于大约四点左右她便陷入了深睡。我又待了大约半个小时，看着她睡觉，然后决定回家一下。孩子们马上就要到家了，尼斯也许也下班了，我得给他们沏茶。我亲吻她的额头，告诉她我会在大约六点半回来。

我到家时，达蒙和纳塔利已经在那里了：达蒙将和尼斯随我回医院看他妈妈，而纳塔利则会帮忙照看小孩，上帝保佑她。我也给瑞安打了电话，说我们会在路上接他。

如果说几个小家伙忽略了他们身边正在发生的事情，那只能说他们视而不见。我们家的人距离都那么近，他们习惯了大家来来去去。他们现在最需要的是吃的。直到我做好饭后，科里才露出迷茫的神色。

"妈妈呢？"我给他们上食物的时候他问，我给他们做了他们要求的炸鱼条、豌豆和薯条。

"她只是肚子疼得厉害，就这样，"我解释说，"所以今天晚上她要住在医院，明天她就会回来了。"

这时候几个小家伙对摆在面前盘子里的食物更感兴趣，于是似乎很乐意地接受了我的解释。除了康纳，我意识到，他低下头沉默了。我担心他比我宁愿他相信的要懂得多。尼斯和我交换着眼神。他在楼上浴室洗澡的时候我已经告诉他了。我可以看得出他像我一样无力。

尽管我无比担心处在痛苦中的安吉，但我在告诉小家伙们妈妈明天就会回来时却是真诚的。因为我一次都没有想过——甚至一秒都没有想过，她也许不能回来。

第十七章

孩子们喝下午茶的时候我依然充满信心。毕竟，就如肿瘤专家之前说过的那样，安吉对化疗的反应真的很好，医生告诉过我们，像安吉这样截至目前对化疗反应这么好的病人，我们还有许多种选择。所以我想我们会度过这次的偏差，一旦化疗开始起作用，我有信心我们又会拥有安吉。只是一小段时间，我不傻，但每一点时间都无比宝贵。

就如我之前承诺过的一样，我和两个大儿子在六点半回到了医院，我在路上接到了瑞安。他们俩现在都安定下来了，和各自的女朋友住在一起，为当地一家公司卖力工作——安装厨房。他们现在是成年男人了，而且达蒙自己也当了父亲。但他们依然是我们的孩子，也将永远是，一想到失去母亲会给他们带来多大的伤害，我便痛不欲生。

但那将是在未来的某一天。她能渡过这一关，我知道她能。他们会找到某种方法来降伏给她带来痛苦的疾病。不管怎么样，很快化疗就要开始再次击退癌症了。尽管如此，我的自信还是不断崩塌，内心惶惶不安。我们把车开进医院停车场时，我停下来让一对年轻夫妇过便道。他们用婴儿车推着孩子，样子就如达蒙和纳塔利一样从容。突然，这幅画面深深刺痛了我，无论今晚和明天会发生什么，我们要走的将注定是单行道，安吉永远不能好起来看她的小孙子长大了，也等不到我们的其他孩子当上爸爸妈妈了。

不过目前我唯一关心的是我们能渡过这次难关，再次带安吉回家，让她再次以最快的速度好起来。我和孩子们回到她所在的病房时，她还在昏睡，在最初的一刻钟，我们三个只是坐在她床边。

但过了一会儿，她终于睁开了沉重的眼睑，看到我们回来陪她了，她露出些许微笑。

"不痛了吧？安吉？"我问，捏了捏她的手。

安吉微微摇了摇头，脸色和早先一样。"痛，"她说，"还是痛，米尔。"她又指了指下腹部，"还是那里痛。"

"好吧，亲爱的，"我说着站起身来，"我去给你叫个护士过来。"于是我走到病房外找到护士，问他们能不能采取点措施。

护士和我一起回来了，问了安吉和我一样的话，安吉解释说感觉有点儿像分娩的阵痛。

我对安吉笑了。"你最了解那是什么感觉了，"我说，"对不对，亲爱的？"接着我转向那名护士，"她生了八个孩子。"

我解释说。

那名护士对我的两个儿子笑了笑，然后对安吉说她会帮她止痛，几分钟后她拿着针筒回来了，里面装着清澈的液体，她把它喷进了安吉嘴里。

药物起到了预期的作用。很快安吉便不再痛得直皱眉了，呼吸也恢复了稳定，很快她似乎又睡熟了。现在还差一刻就到八点。探访时间快要结束了。

"我想我们也许又得回家了，"我对孩子们说，"你们认为呢？趁妈妈休息的时候你们回去吃点儿晚餐。"

就在我们准备离开时，一名男护士进来检查安吉。"我的妻子怎么样了？"在他查看记录表时我问。

"好吧，"他说，"我们只是确保能把她的疼痛控制住，到了早上，她就会被转移到一名叫麦克米伦的护士那儿。他们会悉心照料她的。"

他微笑着，我吃下了定心丸，一切都很好。我低下头去，吻了吻安吉的脸颊，接着我们回家了。

等到我们放下瑞安，回到我们自己的家时，达蒙和我都快饿得不行了。尼斯和女孩子们已经吃过了，但我们俩都还没吃过东西，于是我打开冰箱看里面有什么，然后决定煮全英式晚餐。

"妈妈怎么样了？"尼斯问，我看得出来他很着急，于是匆忙安慰他说她没事。"现在不痛了，"我对他说，"但药物耗尽了她的力气，所以现在她正在熟睡。这对她来说是最好的。"

这正是我所想的，安吉在医院再好不过，所以当我差不多做好晚餐、听到房子里的电话突然响起时，我只以为肯定是家里的某个亲人打过来问安吉的情况。但当尼斯手里拿着电话走进厨房时，我立即看出不是这样。他把电话递给我。

"爸爸，是找你的。"他说，"是医院打来的。"

我从他手里接过电话，拿到耳边打了声招呼。是个女人的声音。她问我是不是米尔索普先生，我告诉她我是，她自我介绍说是正在照看安吉的护士之一。我立即心急如焚。他们为什么在晚上这个时间给我打电话？她的疼痛又发作了吗？还是说她在找我？

我不知道会是什么情况，但如果她需要我在她身边给她支持，我可以先不吃东西。然而，情况比我想象的糟糕。
"米尔索普先生，"那名护士缓缓说道，"你之前来看过你妻子，对不对？"

"是的，"我确认，"她还好吗？"

"恐怕她的情况恶化了。不幸的是就在你离开医院后。我想你最好尽快回来，"她说，接着顿了顿，"也把你的家人一并带来。"

我站在那里，盯着尼斯，彻底被击垮了。我不能把目光从他身上挪开，我能看到自己的恐惧无比清晰地映照在他悲痛万分的脸上。接着，随着护士的话给我的压迫感加剧，我透不过气来，开始发抖。"好的，"我勉强从情绪中挣脱出来，"好吧，我就过去。"

这些话让我想起了几周前的那通电话。同样的语气，同样的话。回来。把你的家人一并带来。他们上次通知我们温妮就要死了时也是这么说的。情况恶化了。回来。把家人一并带来。道别。

我内心升起一种愤怒。它从我嘴里炸开了。"噢，上帝！我要失去她了！我要失去她了！"甚至都没有意识到自己在干什么，我把电话狠狠地摔到了厨房地板上。它像是爆炸成了无数碎片，尼斯冲过去收拾的时候，我拼尽全力用拳头砸着厨房操作台，直到双腿再也不能支撑身体，在厨房地板上瘫缩成一团。

接着达蒙冲了进来，纳塔利紧随其后，他们同尼斯一起勉强把我从地板上拉了起来。孩子们现在也喧哗着跟过来了，我瞥见了他们惊慌的神情，索菲和纳塔利冲过去，把他们撵回了客厅里。"来吧。"尼斯对我说，他的声音划破了恐惧的迷雾。"爸爸，来吧，"达蒙补充道，"我们送你去医院。"他们一起把我拖了出去，上了达蒙的车。

在路上，我恢复了大部分神志，能够理性思考了，我让尼斯给安吉的哥哥尼尔打了电话，让他把发生的情况通知大家。"但不要告诉赫伯特，"我对他说，"不能让赫伯特经受这个。"他才安葬了妻子。他现在年纪太大了，承受不了亲眼看着自己的女儿死去。

我感到脑子里充斥着各种思想。因为那就是即将发生的情况。那就是为什么他们想让我们现在过去。他们需要我们过去是因为安吉就要死了。

尼斯也给瑞安打了电话，我们把车开到他前门的时候，他正在那里等着，我和三个儿子十点左右到达医院。一名护士过来迎接我们，之后她把我们带到了另一间病房，因为他们把安吉转到了一个私人房间。不过我们不能马上进去。相反，我们被带进了一个小候诊室。

"医生会过来在这里跟你们谈，"她解释道，"不会很久。"

我们默默点了点头。谁都不知道该说什么。到了这个时候，家里的其他人也开始陆续到达了：马尔克和艾琳，我姐姐凯伦，尼尔和黛安娜，安吉的哥哥德斯，她的姐姐温蒂，然后是特里的黛安娜和她长大成人的儿子乔纳森，这是她和她第一任丈夫生的儿子。但特里本人没来，因为他还在谢菲尔德的医院，还没有从最近进行的心脏搭桥手术中完全康复。

我们都找座位坐下。我环顾四周，每个人都面如死灰。惶恐不安，濒临流泪的边缘。尽管大家都知道这一天迟早都要来，但这无济于事，没有人做好准备。来得太快了。我们全都处在震惊当中。

值班医生，一个我们之前没有打过交道的女人进来了，轻轻地关上了门。她站在我们所有人前面，但眼睛却只看着我。

"就在你离开后，你的妻子吐了点儿血，米尔索普先生，那之后不久——在晚上九点——她发生了心脏停搏。我们全力将她抢救了回来，"她继续说，"但我们认为她也许发生了和压力有关的溃疡爆裂。你的妻子病得很重，米尔索普先生，"她轻声补充道，直视着我，"我们认为她度不过今晚。"

我再次崩溃，凯伦、孩子们和我抱在一起。我只是不知道该怎么应对这个消息，我们谁都不知道。会诊医生继续讲着她需要讲的话，我们全都在啜泣。"如果她真的熬过了今晚，"她说，"那么早上我们就能用探测仪查出到底出了什么状况……"接着她停住了，因为没有更多要说的了。

护士碰了碰我的肩膀。"来吧，米尔索普先生，"她说，"跟我来。我带你去见你妻子，好让你和她单独待几分钟，然后其他家人能依次进来几分钟。我们不能让所有人一起进来，因为护士需要不停进来照料她。"

我几乎什么都听不进。我精神恍惚地跟着她，脚步踉跄，几乎走不了路，而家里的其他亲戚则安慰着我的儿子们。我现在痛得撕心裂肺。怎么能发生得如此突然？她怎么能早上还在厨房大笑，然后突然就要死了？她怎么能？

我拼命祈祷。自从结婚后我很少去教堂，但无论如何我还是祈祷——我不知道还能做什么。当我看到安吉躺在那里一动不动，那么虚弱，脸上戴着氧气罩，有几秒钟，我唯一能做的只是站在那里痛哭，腹部就如有把匕首在撕割和挥砍。

接着我爬上床，躺在她身边，用手臂抱住她，好像如果我抱着她，如果上帝能看到她还属于这里，能看出我们所有人还有多么需要她，他就不会把她带走。"求你了，安吉，"我对她小声说，"别走。请坚持住。别离开我。求你了，上帝，别带她走。她是我们的一切。"

夜晚慢慢过去，我紧抱着"到了早上就好了"的念头，把它当法宝，我们都坐在那里，希望她能坚持住，我们抚摸着她的头发，抓住她的手，我们每一个人都注视着她的呼吸。她吸一口气，又呼出，然后是可怕的长长的停顿，这使得我们也全都屏住了呼吸。

到了后半夜两点，情况有了改变，我们所有人都能看得出来。一点一点地，她的呼吸变得更加稳定，更有规律，那些可怕的停顿似乎消失了。我们现在全都笑了。也许她有了好转，终于平安渡过了这场危机。我甚至双眼噙泪，微笑地看着尼尔和黛安娜。

"她很快就会睁开眼睛，"我说，"并对我们说我们都是疯子。'你们这么多人都围在我床边哭干什么？快清醒清醒！我没事！我是逗你们玩儿的。如此而已！'"

尽管她没有醒过来，我们还是感觉好多了。我们不再紧张，恐惧从我们的心头移除了。但我们都没有回家，我们得看着她渡过难关，直到天亮，我开始相信她会再次醒过来，咧着嘴冲我笑。"米尔，"她会说，"别担心了！我没事！"

但现在能看到她平静地睡着，我已经感激不尽。我的双腿僵硬了，因为我一步不离地在安吉床边待了整整五个小时。所以当安吉的姐姐黛安娜说她想出去抽根烟时，我对她说我会陪她下去。她不想一个人去，因为这时候是午夜。

"你能帮忙看着她吗？"我对马尔克说，"我们不会超过五分钟。"

马尔克点点头。"你们去吧，兄弟，"他说，"去透透气。"

我们乘电梯下楼，都认为安吉的呼吸现在变得好多了。我甚至还开了个玩笑。"你知道吗？"随着电梯把我们送到底层，我说，"我准备早上好好批评她一顿，叫她让我们大半夜的都在这里耗着！"

外面的空气冰冷，在温暖的医院里待了这么久之后，冷风吹在脸上像巴掌打上去一样。但在得知安吉已经稳定多了的情况下，冷气吸进肚子里感觉很舒服。我抬头看着天空，希望它快点儿亮起来。现在我迫不及待地希望天亮。

但它似乎再也不会亮了。对安吉来说是这样。因为我们刚出来，还不到一分钟，静得可怕的凌晨便被电子门的嘶嘶声打破了。我转身去看，倒抽了一口气，认出从医院出口大叫着跑出来的是我侄子乔纳森。"米尔，"他喘着气说，"你得进来坐下。"

我立刻领悟了。我一看到乔纳森的表情就知道了。我没有坐下。我躲过他，乘电梯回安吉的病房，沿着楼道朝安吉的房间跑去，泪如雨下。"不！"我喊道，"不！"

我回到病房，看到大家都挤在安吉的房外，每一个人都在哭，他们的肩膀抖动着，我听到他们痛苦的啜泣声。他们给我让路，我一步步走近房门，我看到了我的儿子们，他们全都在那里，抱在一起。尼斯在搜寻我的身影，他面目浮肿，脸上布满了泪痕。"我想她在等你，"我们抱在一起时，他对着我的耳朵小声说，"等着你离开，这样你才不用看着她离开，爸爸。"

第十八章

现在，我从我哥哥马尔克的车窗向外看到的世界给人奇怪和崭新的感觉，非常非常恐怖。还不到六点，天色一片漆黑，<u>丝毫</u>没有我全心祈祷安吉能活着看到的黎明到来的迹象。我自己现在也不想看到它。

尽管如此，这还是新的一天。而且是非常不同的一天。很久之前我就知道这一天会到来，从我十四岁起，我的生活中没有我深爱的女人陪在我身边的第一天。我倒吸一口气。我不敢相信我是多么害怕和孤独。

我不能待在医院。我受不了。

当我走进那个小房间，看到马尔克和黛安娜抱在一起痛哭时，我感到恶心，我是那么恐惧。我害怕自己将不得不面对的事情，害怕看到安吉躺在那里，不知自己该如何反应，害怕自己不能在大家面前坚持住。

视线一落到她身上，我便看出她已经停止了呼吸。我能看出她已经走了，但我还是冲到了她的床边。我把她拉近自己，把她抱在怀里，把脸埋在她的发丝里抽噎。她终于保住了自己的头发。"别离开我，安吉，"我喃喃道，"求你别离开我。我该怎么跟孩子们说？我该怎么活下去？"

但当我再次凝视我深爱的妻子时，尽管我不再害怕，我还是意识到我不能再看她了。我得过下去，得为瑞安和尼斯以及达蒙保持坚强，得回家为五个小家伙保持坚强，得把一个孩子不该听到的所有最糟糕的消息告诉他们。要想有足够的勇气来做这些，我知道我不能再看安吉的遗体。我需要在我的脑海中保留她美好的形象：我爱过的那个快乐的、微笑的女人。不像是这样。没有微笑，她看上去不再像安吉。

"带我回家，"我对马尔克说，"我现在需要和几个小孩子在一起。"

艾琳开车送我们回家，马尔克和我一起下车。

"我陪着你，"他对我说，"我给你沏杯茶，兄弟。"

我走进客厅，在前窗的扶手椅上坐下，在他沏茶的时候无神地盯着窗外。

茶沏好了，他过来跟我做伴，在另一张扶手椅上坐下了，但我们依然沉默，因为没有什么可说的。每一次只要想到没有她的日子，我便会崩溃，就好像我的身体不再受自己控制。

马尔克在一旁看着，让我尽情哭泣。"我不知道要对你说什么。"他对我说。他的话惊动了我。

"我得告诉赫伯特，"我记起来，"我得过去告诉他。他甚至都不知道她在医院。"

"我跟你一起去。"马尔克说着和我一起从椅子上站了起来。

我摇摇头。

"不，"我说，"这件事需要我自己来。"

但当我沿着马路朝他的平房走去时，我看到他的卧室窗帘还没拉起来。我试着去推门，发现门上了两把锁。我想我得再来一趟，然后我转身准备回家，但就在我打算回去时，我的一个朋友——迪安，他和我们住在同一条街上，从他前面的小路走了过来，在马路对面朝我招手。显然消息传得很快。迪安的老婆是我侄子艾德里安的妻子的朋友，我知道还在医院的时候他给她发了短信。毫无疑问迪安就是这么知道的。

"伊恩，伙计，"他说，"安吉的事实在是遗憾。来吧，过来坐会儿。安德里亚想和你谈谈。"

迪安的妻子自己也才刚做完一个疗程的化疗，所以我知道安吉的死对她来说特别难以接受。她用手臂揽住我，把我抱紧。"我简直不敢相信，"她说，"我昨天才在花园看到她。她那时候看起来还挺好的。"

我告诉她我像她一样震惊，但我的心思并不都在那里，我还在想着赫伯特和我必须做的事。但当我离开他们的房子时，那栋平房的窗帘还是拉上的，于是我没有选择，只能回去找马尔克。

"你知道的，"我说，"我过去常常想安吉的爸爸真幸运，寿命那么长，身体还那么好，但活到九十一岁，妻子和最小的女儿在二十一天里相继离去，这根本谈不上幸运，对不对？"

我害怕告诉他，但我还是得去，别无选择，于是我在八点又去了一次。这是一个阳光明媚的早上，我看到他从前窗冲我笑，我机械地也对他笑。但我一走进去，他一在他最喜爱的扶手椅上坐下，我便在他身前跪下了。我抓住他的手，热泪盈眶。

"是安吉，"我哑声说，"她死了。"

良久，他不发一言，只盯着他生好的熊熊的煤火深处，接着他扭头盯着还被我紧贴在脸上的他的手。"哦，我们的安吉，"他轻声说，眼里闪烁着没有掉下来的眼泪，"哦，安吉。她是个多么活泼的女孩。"

这使我哭得更厉害了。为什么是安吉？为什么是她？为什么要带走这么一个热爱生活的人？

"我知道这有多痛苦，小伙子，"赫伯特说，"因为我知道你们俩有多相爱。但如果你有什么需要，任何需要，尽管开口，好吗？"我知道他是发自真心的。我是如此幸运，拥有安吉简直是喜福双至。我不仅得到了我梦寐以求的女孩，也得到了一对慈爱的父母。难怪我的妻子一直都是这么一个不可思议的女人。要知道她为什么会这样，就得去看她有什么样的父母。

赫伯特送我到门边，我离开时他又重申了一次。无论什么需要。他能为我做的任何事。尽管我唯一想要的却是再也得不到的，除此外我别无所求，但我对他的爱感激不尽。

我一回家，马尔克就走了，他去看看艾琳怎么样。处在这一切当中，她实在难过，他得回去看看她。他不愿离开我，但我向他保证我没事。几个小家伙去达蒙和纳塔利家里睡了，尼斯去了瑞安那里，所以现在房子里空荡荡的。不过，至少在这一刻，这正是我所需要的。如果我撑不住了，而我知道我会撑不住的，只有我一个人会好一些。

我真的彻底崩溃了。我究竟该怎么告诉孩子们？这么可怕的事，我不忍去想，于是我决定，今天我是无论如何都没法告诉他们的。我没有勇气。我甚至不确定自己能不能撑过今天，更别提我余下的生活了——应该是我们的生活。该从哪里说起？无论我目光投向哪里，都是她的影子。她在每一张照片里笑望着我，看上去是那么幸福。她的存在激起回声，充斥着我们房子的每一个角落。我在各个房间游荡，泪水涟涟，对她的回忆令我窒息，当我走进我们的卧室，看到我不得不为她换下的衣服，看到她昨天才靠过的枕头上留下的印痕，我感到那么痛苦，好像我的心都要被撕裂出来。

尼斯和索菲在九点左右回到家，强迫自己打起精神虽然很难，但却是必需的。我萎靡不振到了极点，就好像我正命悬一线，但，尽管我们谈得很少，他们的存在却如同一条安全绳，拴住我让我不至于倒下去。

至少我的理智清醒了不少，足以给达蒙打电话，告诉他我的决定。我告诉他，我决定把安吉去世的事推迟到明天再告诉几个小家伙，因为我不能——我不准——自己在告诉他们这个消息的时候崩溃。达蒙同意了，并说他们只会告诉孩子们安吉还在医院，今天他们不用去上学了，这样就够了。

但当他和纳塔利带着孩子们在正午时分回到家时，我感到几乎不能忍受。在做好不告诉他们的决定后，我简直不忍去看他们。每一次瞥见他们幸福的笑脸，都会想起他们可怕的巨大损失，我便又会涌起一阵强烈的、颤抖的抽泣。最终我不得不走了出去，因为我感觉不能呼吸，如果我在他们面前崩溃了，我知道会吓到他们的。

我把安吉弄脏的衣服放进洗衣机里，然后打开了洗衣机，接着由索菲和纳塔利帮忙照看家里，她们俩都是很棒的女孩，我出去爬进车里，发动了汽车。尽管不知道开往何处，但似乎有什么牵引着我来到了几周前我们安葬温妮的那块墓地。不知为何，好像靠近温妮是正确的。谢天谢地，她至少不必眼睁睁地看着安吉死在她前头。她的坟上还插着献花，包括我和安吉送的。卡片也还在，上面写道：献给一位非凡、慈爱的妈妈，虽然她离开了我们，但将永远活在我们心里。当然还没有墓碑：我们拿到墓碑样本书给赫伯特挑选才不过几周，安吉曾叫我把她一起带来，好让她看看有没有她特别喜欢的。

她的确看中了一个，她看中了一个她觉得完美无缺的。它看上去像是天国之门，上面有黑金色刻字。但赫伯特没有同意，毕竟最终那得是他来决定。他挑选了一个心形的。

我看着那些花，看着刚填上的坟旁边的草。天国之门放在这里很合适。我将让它做安吉的墓碑。想到我能满足她这点心愿令人欣慰。但在这痛苦的狂澜中，那只能给我带来些微安慰。我跪倒在温妮坟边，不停地痛哭。我不敢相信二十一天前我为自己买的墓地，那么快就要被挖开了。

离开墓地后，我去见了葬礼承办人。我们这么快又见面了，他很是吃惊，但也不是那么吃惊，因为他理所当然地认为我到这里来是为了别的事。

"是关于温妮的葬礼吗？"他让我进去时困惑地问道。我没有责备他。我非得去他那里，他还能认为有什么其他原因呢？当我把情况向他说明时，他建议我把操办葬礼的事推迟几天，但我不能忍受。我需要现在就做，而且把它做好。我一切都订了最好的，我知道安吉看到她母亲的葬礼时所想要的一切，包括最漂亮的"最后的晚餐"雕花棺木，这款棺木漂亮到令安吉感动落泪，还有与之配套的、为她的坟墓竖立的天国之门墓碑。

至少现在她和妈妈在一起了。

第一个晚上我一下都没有合眼。我甚至都没有试着去睡。我甚至不忍走进我们的卧室，因为我知道我会不停地去看安吉枕头上的印痕，那是她的头应该靠放的地方。相反，在达蒙和纳塔利开车回家，沃伦、尼斯以及索菲上床后，我便在沙发上缩成一团，打开电视，电视画面在眼前闪过，但我什么也没看见。我的视线不断被我们无处不在的照片所牵引，尤其是照片冲印店给我们做的那幅情人节油画照，它现在具有如此痛苦的重要性。

我还不停地想起公园里的那个台阶——我们的台阶——在某一刻，我甚至想要走去那里。在短暂得可怕的时间里，我们怎么一下子就从那里走到了这一步？感觉那一切就发生在昨天。我的人生去哪儿了？安吉的又去哪儿了？现在怎么了？

好不容易等到黎明来解救我，我开始忙晨间的事情，双腿像灌了铅一样沉重，这一点都不奇怪。我能看出悲痛的重量也把尼斯压垮了。他是那么勇敢，勉力打起精神，为了小孩子们他表现得那么坚强。我为他感到骄傲，想到安吉也会为他感到骄傲，这给了我求之不得的力量。

索菲也是个天使，她和纳塔利一直都是。她帮忙照看孩子们，上帝保佑她。她给他们起床穿衣，给我们做早餐，因为我一无用处，不给他们添乱就算是帮忙了。尽管我竭力保持冷静，但我时时都想流泪，只能一直克制着不让自己崩溃。

几个小家伙什么都不知道，他们玩得很兴奋，他们喜欢有索菲陪他们，对他们来说这天是特别的。这周剩下的时间他们都不用上学，能玩任天堂游戏和看电视，他们不敢相信有这样的好运气。尽管这是没有办法的事，但却使得把实情告诉他们的任务变得更加艰难。每次我看到全都聚在客厅里的孩子们，看到他们那么开心和无忧无虑，我的喉咙便哽住了，我知道我没有办法开口。想到他们还不知道自己从今往后再也没有了妈妈，几乎把我打垮到了几近瘫倒的地步。我从来没有如此迫切地想要逃离过什么——就好像我自己也变成了小孩。

但我不得不坚强。我已经能听到安吉在谴责我了。她在告诉我，在把她的死讯告诉他们的时候要克制住自己。就当是为了我这么做，米尔。成为他们的依靠。告诉他们的时候不要掉一滴泪。因为如果你崩溃了，他们的世界也就坍塌了。她是对的。我现在是他们的世界。除了我，他们还能依靠谁呢？

第三次回到厨房，我站在那里凝视着窗外，我还在试图忍住眼泪，突然我意识到有人走了进来。我转身看到了康纳，他神色焦急。他现在十一岁了。懂事了。他知道有可怕的事情发生。只是还不知道是什么。

"过来，"我说，朝他示意，"我有些事要告诉你。"

他一站到我面前，我便跪了下来，好让我们能注视着彼此的眼睛。我把手放在他肩上。"康纳，亲爱的，"我对他说，"实在遗憾，你妈妈昨晚死了。"

我看着他的眼睛盈满了泪水，他最糟糕的想象现在全都成了现实。"我知道，爸爸，"他说，"我昨天晚上听到你和尼斯谈这件事了。"

就在我把康纳紧紧抱住时，尼斯走了进来，我意识到我现在将不得不完成这项工作。尼斯留下来安慰康纳，而我则走进客厅去告诉其他孩子们。我在他们的玩具中间穿了过去，坐在了沙发上，他们全都挤在沙发后的电视机前的地板上，但愿我能阻止住那想要流出的眼泪。

　　"嘿，孩子们。"我说。他们几乎是同时扭过头来。"过来坐在我旁边，"我对他们说，"我有些话想对你们说。"

　　他们还是孩子——是快乐的孩子，因为他们身上有他们妈妈的影子，她就活在他们中间，他们兴奋地爬过来，好像我要给他们讲什么有趣的事情。杰克和杰德各自依偎在我的一侧，科里和埃拉则各坐在我一条腿上，看到他们的脸全都充满期望地侧向我，知道前面等待他们的是怎样的痛苦，我的心都要碎了。

　　我转向杰克和杰德。"你们知道你们的妈妈病得很重，对不对？"他们一起点头。

　　"知道，"杰德说，"她什么时候回来，爸爸？"

　　虽然我想克制，但此刻，眼泪还是顺着我的脸颊肆无忌惮地流了下来。"她回不来了，宝贝，"我勉强地说，"她死了。她现在去了天堂。"

　　一眨眼的工夫，杰克和杰德就和我一起哭了起来，科里几乎也立马开始痛哭。只有埃拉——小埃拉——她没有掉泪。她就那么坐在我的大腿上，甜美地笑望着我，笑容和安吉的一模一样，这是她母亲留给她的宝贵礼物。

实际上她一脸敬畏。"那么说妈妈现在是天使了？"她问我。

我点了点头，为了给自己力量，我用尽力气把孩子们抱紧。"是的，"我说，"她是，她将会从天上俯瞰着你们。看你们所有人，"我对他们说，"她不想看到你们伤心。如果你们伤心，妈妈就也会伤心，但如果她看到你们微笑，她就也会微笑。所以我们要竭尽所能，好让妈妈看到我们微笑。好不好？我们要努力让你们的妈妈开心。"

第十九章

第二天我要去医院拿安吉的死亡证明，我怕得不行。但同时，想要查明她为什么死得那么突然的念头却驱使着我。我脑子里不停地想着这个念头，那天早上她还好好的，怎么到了第二天晚上就死了？我越想越觉得有什么不对劲。她怎么可能前一分钟还生机勃勃，后一分钟便死了呢？怎么会？

沿着楼道走向登记办公室对我来说依然是一种挣扎。这是那天夜里乔纳森跑出来找我的同一条楼道，顺着同样的路线让我感觉毛发刺痛了我的后脖颈。它让我记起我不忍回忆的事情，看到我不想看到的东西。

没等多久登记员就出来了。他把我领进他的办公室，叫我坐下，然后对我表示慰问。接着他从办公桌的一个抽屉里拉出一个文件夹，从里面拿出一张纸。

"给，"他说着把文件从办公桌上滑过来给我，"你只需要在这份表格上签名即可，米尔索普先生，然后拿着这个去市政厅登记你妻子的死讯。"他递给我一支钢笔，"然后他们就会给你开死亡证明了。"

我接过他手里的表格。"谢谢,"我说,"但你能告诉我她是怎么死的吗?"

他面露疑惑,接着把表格又拉了回去,然后说:"因为癌症。你妻子死于癌症,米尔索普先生。"

听到这个,我感到自己被一阵突如其来的愤怒吞噬了。"你不能告诉我是癌症要了她的命,"我争辩道,"我那天带她到医院来时她还好好的,她死的那天早上还打扫了房子。我把她载到这里来的路上,她甚至还在车里欢笑和开玩笑。所以别想告诉我是癌症要了她的命,因为情况不是这样!"

登记员目瞪口呆地看着我,显然对这番话感到震惊,让他吃惊的还有我的语气,我很愧疚我不该抬高嗓门。接着他皱起了眉头。"好吧,如果是那样,"他说,"我想你最好和验尸官说。把你刚才对我说的话再跟他讲一遍。"

我现在感到冷静了一些,我告诉他我愿意这么做,于是他拨了一个号码,接通了某人——我想应该是验尸官,并告诉他我对文件上写的安吉的死因持有异议。接着他把电话递给了我。我接住了。

是验尸官。"你为什么认为你妻子不是死于所患的癌症?"他想知道。于是我照登记员对我说的,把对登记员说的那番话对他又重复了一遍。"好吧,这样的话,"他说,"我们得进行死后验尸才能查明确切死因。你愿意我们这么做吗?"

尽管这一系列的事情都是我引起的，但我一想到一个陌生人触碰安吉的身体便感到厌恶。她已经经历了这许多，我怎么能容许他们让她遭更多罪？"不，"我说，"你们不能那么做。我不会让任何人碰她。"

"米尔索普先生，"验尸官耐心地说，"如果你容许我们做死后验尸，我们就能告诉你她到底是怎么死的。但如果你不肯，如果你把这件事拖延到葬礼之后，那我们就不能做了，你就得接受并忍受不知情的事实。那么，"他最后说，"好好考虑下。我给你十分钟思考，然后我再打给你怎么样？这样可以吗？"

我答应了他，但当我把电话递回给登记员时，想到陌生人碰安吉的身体依然感到反感。是的，我想知道发生了什么，但我有什么权利让他们在她的尸体上动刀子？那是她想要的吗？

我把验尸官对我说的话解释给登记员听，我们等电话的时候我把对验尸官说过的话又重复了一遍。"我不能让他们对她那么做，"我摇着头对他说，"就这样吧。"

登记员很同情，我真不该冲他发火，我感到抱歉。但他也认为我不该拒绝死后验尸。"米尔索普先生，"他柔声说，"你知道的，如果我是你，我就会让他们做。如果你不同意，你的余生都难消疑虑。"

我知道他是对的。我明白，不知道安吉的死因会令我苦恼。安吉死了才不过几天，我就已经开始苦恼了。我不能让这件事就这么不了了之。我的脑子不肯放过我。所以当验尸官刚好十分钟打回来时，我告诉他我同意他们做死后验尸。

"你做了正确的决定。"他说。但是真的吗？

然后登记员递给我一个白色的、用绑带系紧的塑料袋，他告诉我里面装着安吉的衣服。当我沿着楼道往回走时，我满脑子想的都是躺在医院太平间的我亲爱的妻子此刻距离我有多近。除此外我什么都不能想。对也好错也好，只是感觉太可怕了。

接下来的几天我都浑浑噩噩地在悲痛中度过，痛苦如浪涛般不停地席卷着我，日子都黏在了一起，我分不出今天明天。我比任何时候都感激有这样一个亲爱的大家庭。尽管要努力克制自己不要在小家伙们面前崩溃，这让我感到每一个小时都很难熬，好在房子里总有安慰人心的家人——深爱着安吉并知道她给我们的生活留下了多大一个空缺的人，他们帮我们做饭，买东西，帮孩子们清洗，并陪他们玩，感觉好像他们日日夜夜每时每刻都在。

我认为几个小孩子到现在都还没有真正明白。尽管尼斯和康纳的悲痛如此清晰地印刻在他们脸上，但几个小孩子却似乎处在一种停滞的兴奋状态中。总有一群可爱的亲人相伴，对他们来说就像是意料之外的节日。尽管我知道这种状态是暂时的，当他们真正遭受打击的时候，那将是压倒性的，我还是为这短暂的缓冲心存感激。

大部分日子我姐姐凯伦都会来，带着她的女儿——我的外甥女朱莉。朱莉现在自己也当妈妈了，有两个长成了少年的儿子——约迪和杰克。女儿们喜欢她来是因为她会把她俩打扮漂亮。朱莉小心翼翼地给杰德的手指涂指甲油的时候，尽管看着心痛，我还是很高兴她们的生活里有这些美好的女性。

埃拉被指甲油迷住了。"我想要一些，"她对朱莉说，"我也想要涂些埃拉指甲油！"

朱莉对她笑了。"这个名字真好听。"她对埃拉说，"比指甲油好听多了。对不对？"

当埃拉伸出细小的手指排队等候给她涂"埃拉指甲油"的时候，我只希望安吉在看。希望她知道她的小女儿们会过得好好的。

早上我决定送孩子们回学校。他们需要回到朋友们当中，回到某种模式当中，开始一点一点地习惯他们新的未来，接受失去妈妈的事实并重建他们的生活。尼斯也在休假一周后回到了他的日常生活当中，至少日子将又会有点样子。

索菲在这里待了两个星期，我在她的帮助下给几个小孩子洗脸穿衣的时候，想到学校大门便感觉胃里开始翻腾，因为我知道每个人都会想和我谈谈安吉，我不确定自己是否足够坚强能应付得来，而不会垮掉。

我也意识到我已经开始无力了。

"你会编辫子吗？爸爸？"我们站在休息室镜子前，我开始把她的头发梳成一条马尾时，杰德问道。

"对不起，亲爱的，"我说，"今天时间不够，来不及给你编辫子了。"

话一出口我就意识到安吉绝不会对她这么说。我从她的眼神里看出她也知道这点。但事实是，我不会。我做不好。我的手艺还不够好。我没有想到安吉现在就会死。我还是笨手笨脚的。

"你应该教我，"杰德说，"那我就会自己编了。在那之后，"她说，"你也可以教我扎一串一串的麻花辫。然后我就可以给埃拉梳头了，然后你就会有更多时间做其他事了，对不对？"

我感到自己的心被生生撕裂成了两片。"今天下午，"我对她说，"我保证。"

果不其然，我们一到学校就被人包围了，大部分是女人，她们等着告诉我们，她们听到安吉的死讯有多遗憾。杰克和杰德面色惨白，在操场上的喧闹声中就如两个饱受折磨的幽灵，杰德紧拉着我的手，好像不敢放我走。有这么多人过来表示哀痛我深受感动，但尽管这样，能从这喧嚣中逃离，带着这对双胞胎去他们的教室，然后去我其他孩子应去的托儿所里庇身，我还是很高兴。

正当我在那里挂起科里的外套时，托儿所的护士特里萨走了过来。我不介意面对她，她不仅是科里的老师之一，也是我的好朋友。

"伊恩，"她说，"你知道过去一周我们接待的人太多了，他们都想知道安吉的葬礼什么时候举行。所以我在想，我们让孩子们今天或明天带封信回家，告知他们父母安吉的葬礼是怎么安排的，你觉得可以吗？"

我感动万分。我并没有真正考虑过邀请朋友或亲戚之外的人，但接着我意识到安吉有那么多朋友——这一点都不奇怪，因为人人都爱她。我把葬礼的地点告诉了特里萨，并说我会打电话告知他们日期，回家的一路上，想到他们要那么做，我感到喉咙哽住了。

这一切发生时就好像安吉一直在注视着我，她知道我奄奄待毙。我一进屋，电话铃就响了。是葬礼承办人，他打过来告诉我，安吉终于被送到他们那儿了，我想什么时候去看她都可以。

"这周四十一点半举行葬礼可以吗？"他问我。

我对他说好。尽管我现在想到的是我能过去看安吉了。今天已经是她死后第五天，我太想念她了。现在我知道她安息了，看到她不会感到害怕。

我是对的。安吉躺在她闪亮的橡木棺里，看上去是那么漂亮、宁静，她的头发就如木材的光泽一样光亮闪耀。我拿起她的手，把它贴到我脸上，一片冰冷，但那依然是她的手，它的轮廓和我自己的相似。我和她一起坐了一个小时，拉着她的手，抚摸着她的头发，尽管我在哭，但我很高兴有时间和她单独在一起。

第二天我的朋友戴夫和他妻子克莉丝来拜访。我们打小就认识，实际上，我们一起上的学，他和我同一天出生。他拿来一张悼念卡，问葬礼哪天举行，当听到我说周四时他一脸震惊。

　　"周四？"他说，"你是不是忘记了周四是你生日？"

　　我不敢相信自己做了什么，我真的把自己的生日给忘记了。但现在想采取任何措施都太迟了。我已经给学校打了电话，给父母的信件也都寄出去了，于是似乎我只能在自己生日那天安葬安吉。但不管怎么样，我并不太在乎。我将爱她到我死的那天，那我为什么不愿意在自己生日那天想起她？

　　然而与此同时，我和她在一起的时间只剩下宝贵的两天了。大些的儿子们不想来看她，因为他们想记住他们母亲活着的样子，对此我能理解：看到自己爱的人死去的模样是非常令人痛苦的事。但对我来说，则是从痛苦中解脱的唯一方法，因为我能看到自己美丽的妻子终于摆脱了痛苦，得到了安息。

　　当周三下午我要离开她的时刻到来时，想到我们在一起的时间——至少是在人世的时间——将近结束，我受到了沉重的打击。我把所有孩子的照片都拿来塞到了她身边。我还决定让她戴着自己的首饰下葬。她喜欢她的戒指，所以我该让她把它们一并带去才对，她喜欢戴在脖子上的金项链也一样。我还带来了一枚戒指让她带走：温妮死后，赫伯特把她的一枚戒指给了安吉——属于她祖母的一个如愿骨戒指。安吉还没戴过，因为它太大了，一直从她手指上往下滑。现在我将它戴在了它应该待的地方。

然后我发现我无法离开。我呆站在原地。我反复尝试，但每次我跟她吻别，转身要走时，我都会猛然想起这将是我最后一次看到她的脸，尽管我最终走到了门口——三次，也许是四次——但当我回头看她时，似乎再也无法挪开目光。我不得不不停地回去给她最后一个吻。

那感觉和我们恋爱那会儿道别时一模一样。最后一个吻。最后一次说再见。最后一个拥抱。这次不会只是等到明天，而是永远。

我凑过去再次吻她。"我会永远爱你，安吉。"我喃喃道。这一次，当我走到小教堂的门边时，我飞快地走了出去，没有回头去看。

第二十章

看到第一辆灵车从马路上开过来，我便知道这幅景象将会困扰我的余生。那辆流线型的小汽车是两辆车中率先抵达的，另一辆则用来装所有敬送的供花。跟在它们后面的是三辆装载家人的闪亮豪华轿车，它们黑色的车身反照出上方灰暗的天空。然而凝视窗外时，让我惊住的是第一辆车。难过无比、悲痛到麻木的我不能把眼睛从它身上挪开，因为当我看着它缓慢而平稳地朝我家开来时，我意识到这辆装满了花的车上载着我年少时的爱人——安吉，我最宝贵的所有。

教区牧师周二的时候来看过我。他显然想跟我谈谈安吉，这样才好在葬礼仪式上介绍她。我给他沏了一杯茶，把他带到客厅来交谈，我立刻就看出他是多么有智慧的一个人，因为他对我说的第一件事就是我几乎从来没有想到过的。

"你知道的，伊恩，"他说，"也许安吉注定要在这么年轻的年纪死去，所以你们俩才会在那么年轻的时候找到彼此。"

我之前从来没有那样想过这个问题。我从来没有想过我们在一起的时间有多长，相反，我只想到我们现在不能在一起的时间有多长。但和许多夫妇相比，我们在一起生活了很久，我们是幸运的。我已经爱了安吉整整三十五年。

教区牧师也想知道我们是怎么相遇的，于是我把安吉的好友问我能不能去和安吉约会的事告诉了他，还有，尽管那天下午天气恶劣——又黑又冷，还下着大雨——但对我来说却像太阳出来了一样。我全身都冒着开心的泡泡，我不在乎自己淋成了落汤鸡。我一路唱着歌回到家。

"唱什么赞美诗好呢？"接下来他想知道，"还有她最喜欢什么歌之类的。"我告诉他我想让他们演奏接招合唱团[1]的《统治这个世界》[2]。安吉喜欢所有的男子乐队，听到斯蒂芬·盖特利[3]的葬礼上放这首歌后，她尤其喜欢这首。

"还有西城男孩[4]唱的《你鼓舞了我》。"我对他说，"在我们离开教堂的时候唱。"

我知道那将是完美的，也是我早就决定好的一件事，不仅因为我们都喜欢它，也因为它总结了安吉对我意味着的一切。她总是让我感到我比自身更有价值。

1　1990年创立的英格兰男子流行演唱组合。

2　电影《星尘》片尾曲。

3　男孩特区合唱团的成员之一。该合唱团是史上最成功的男孩偶像团体之一。盖特利于北京时间2009年10月11日在马约卡半岛度假时猝死，终年33岁。

4　1998年成立的爱尔兰男子歌唱组合。

就在要离开时，教区牧师指着客厅的那张大油画照，就是我们结婚纪念日之旅时，冲印店给我们弄坏胶卷后帮我们做的那张。

"那个是什么时候做的？"他问。

我告诉他："那不过是把我们在2005年情人节那天照的、安吉一直放在她床头柜上的一张照片给放大了。"

我把在兰迪德诺拍照片时发生的一切都解释给了他听。"那真是太遗憾了，"教区牧师说，"但这张照片很漂亮。也许我们可以把它放在安吉的棺材边。你认为呢？"

我同意他这个建议。留着它会勾起我太多回忆。最重要的是我不忍去想。

安吉的葬礼定在格里姆索普的圣路加教堂举行，1962年她就是在这家教堂接受的洗礼，1985年我们也是在这里结的婚。但我们的婚礼本来定在一年前。那时候我们都在工作，一直在努力存钱，为我们的婚礼做准备，也为嫁衣做准备。周边的托儿所没有工作，安吉在巴恩斯利医院找到了一份清洁工的工作，我当时则在矿场地面上工作，开采煤机，就是沿着因开采而露出的煤面行驶的机器。所以生活很美好，时机也刚好，我们定下了日子和一切事项，但接着矿场爆发了罢工，我们只好把一切搁置。

不得不为结婚而等待令人抓狂。谁又不是呢？我们在一起已经十年了，等不及共同组建一个家庭，尤其是安吉。她迫不及待地想要当新娘，想要开始家庭生活。这是她全部的愿望。但在罢工结束之前，着手筹备婚礼是不可能的。回到那个黑暗至极的年代，每一个煤矿社区都是这样，格里姆索普的居民捉襟见肘，艰难度日，为了维持基本生活要小心使用每一分钱，根本没有闲钱来干像举办婚礼这样奢侈的事情。

对整个社区来说，那都是一段艰难时光，但我们应付过来了。没有其他事情可做，也没有钱进来，于是在不配备人员去纠察线[1]时，我们就从矿场脏污的垃圾倾倒场捡煤，来做我们能做的东西，并用麻袋装起来卖给那些最需要的人——大部分是因为罢工而得不到煤的上了年纪的人，还有那些能得到煤就感激不尽的人。罢工令人筋疲力尽，加上夏日炎炎，更让人感到疲惫不堪，但至少它让我们度过了漫长的没有工资的日子。

我们并没有取得什么积极的结果。未来看起来似乎更暗淡了。感觉好像整个社区忍受了十二个月的抗争却一无所获。但我们扎根在格里姆索普，因为矿业是我们和我们孩子的未来，我们不懂别的。所以，当我们接到通知回去工作时，除了心痛什么都没有得到的我们感到，工会——让我们经受这么多的工会——就这么屈服了，实在是辜负了我们。

但不管我缺少什么，我都拥有一个比任何东西都重要的人，那便是安吉，至少我们能结婚了。

1　尤指工会罢工时在出入口设立的。

走进圣路加教堂时，首先映入眼帘的东西之一，便是由我的三个大儿子托着的那张情人节合照。但那还不是我最先看到的。当我们跟在抬着安吉棺材的抬棺人后面沿着走廊往前走时，最令我吃惊的是挤在教堂里的人数。我吃惊地看到，不仅每个位置都坐满了，就连站的地方也没有了。我不敢相信有那么多人来为安吉送行，他们中的很多人我甚至都不认识。我为他们愿意来这一趟而深受感动，来跟这个他们每天早上送孩子上学时看到的、婴儿车里推着一个孩子，后面还跟着一长列孩子的妈妈道别，而且就像一个女人对我讲的那样，她总是笑容满面。

　　我决定不带几个小孩子来参加葬礼。他们都还那么小，让他们到这里来实在是太压抑了。所以这会儿是邻居在照看他们，当我们落座时，我知道我做了正确的决定：因为我的腿一直在打弯，我知道安吉会讨厌他们看到我这副样子。

　　仪式本身是传统的。尽管我一个音都发不出来，但我听得出来教区的全体教徒在唱《耶路撒冷》，他们的声音充满了整个空间。然而在所有声音当中我只听出了一个：我叔叔比尔那既有力又动听的声音，他在一个男声唱诗班里唱了很多年。

　　比尔叔叔娶了我妈妈的妹妹罗斯，他们的人生也遭受了残酷的打击。他们唯一的儿子安东尼在1975年死了，就在他要结婚前。他在沙福通车间工作，修理我们过去在矿井下使用的机器，有一天他换了班，为的是去见房产推销员，解决他和未婚妻要买的那栋房子的一些事宜。然后他去上了下午的班次，结果他被夹在了机器的两个部件之间。

比尔喜爱安吉，听了他的安慰，想起我的堂弟安东尼，的确让我想开了不少。我的心碎了，但至少我和安吉结婚已经二十五年。而安东尼甚至都还没有结婚就死了，比尔和罗斯失去了他们唯一的孩子。

教区牧师似乎知道安吉想让他怎么表演，赞美诗唱完了，我们都坐下了，他却突然唱了起来，把大家都吓了一跳。他清了清嗓子，开始唱起《雨中曲》的开头部分。

"我肯定你们都在好奇，"他面对教堂里张大着嘴的所有人说，"为什么要在葬礼上唱这么欢快的歌曲。"接着他讲起安吉想和我出去约会的那天雨下得有多大，以及一直以来我的感觉——"……这种感觉一直贯穿了他们漫长而幸福的婚姻，"我听到他在说。我在听，但我麻木了。我无法思考。

从教堂到墓地的路程只有几分钟，我和两个大儿子以及纳塔利和索菲坐在灵车后面，对即将发生的事情充满畏惧。我想我们都是。我们很少交流。大部分时候都在想着自己的心事，呆滞地望着窗外，看着展现在眼前那个无动于衷的世界。但不总是无动于衷：我感动地看到一群有冠乌鸦，它们看到我们的时候停下了正在做的事，低下了头冠，低下头致敬。我们也经过了安吉从小长大的房子，它前面正是教区牧师提到的那个角落：就是在那里，她的伙伴问我愿不愿意和她约会。回忆起那一天，痛苦便排山倒海般涌上我心头。

我们在格里姆索普工人俱乐部守夜，温妮的葬礼也是如此，我再一次被淹没在人海里。挤在那里的人肯定超过了两百个，我尽所能地和他们寒暄。但真的很难，我浑浑噩噩地进行着机械的动作，真正想的是逃走。

大约在两点，一回到家我就抱起了小家伙们。就这样了，我想，我们总算挨过去了。我们做完了，葬礼结束了让我感到松了一口气，但同时又感到焦虑：现在该怎么办？想到我现在得继续我接下来的生活，让我恐惧到只想逃跑和躲开；知道我的孩子们现在有多依赖我，知道他们的妈妈现在不在了，他们一切都将指望我，让我抑制不住地恐慌。

家里的所有亲朋都和我一起回家了。还有所有的小伙子和他们的女朋友们，有马尔克和艾琳，凯伦和她的哥哥亚瑟，还有格伦，我知道接下来几周他将是我的依靠，他也向我保证过，会帮我度过最初的日子。

"你只要告诉我你需要做什么，"他安慰我道，"我都会在。如果你需要出去，给我打电话就行，我会立马过去照看他们。"知道他会帮我是如此令人安慰的一件事，因为孩子们都喜爱他，而我知道他可靠的存在会让他们感到一切都好了那么一点儿。

我也感激生活中有他。在一点上我是清楚的，那就是现在只有我和孩子们了。让另一个女人走进他们的生活，和他们度过本应属于安吉的时间，是我连想都不敢去想的。

然而，尽管我很感激身边有兄弟姐妹，但我幸福的日子算是到头了，我在苦苦挣扎。无论我把目光投向何处，都会想到她已经走了，而且现在葬礼已经结束，我比任何时候都难受。我上楼走进我们的卧室，以为我会在那里找到些许安慰，但看到她睡的床的那一边都让我痛得不能自已。我怎么还能再睡在这个房间里？失去了嗅觉，把她的衣服拿起来，把她的气息吸进身体里都成了奢望。我甚至都不能依靠那些来留住她。她唯一留给我的只有她嫂子黛安娜昨天晚上来道别时，我让她为我剪下的那唯——缕头发。我坐在床上，打开黛安娜放在床上的那个银色小盒子。我用手指抚摸着它，内心充满感激，至少安吉这次保住了头发。想到这我感到一丁点儿安慰，但那至少也是安慰。

我合上盒子，心中的痛苦翻江倒海。所以当我意识到我很难克制不在孩子们面前崩溃时，我回到楼下，问尼斯和达蒙能否帮忙照看一下，我想开车回墓地在安吉的坟前待一会儿。

到达那里时，她坟前那一片花海再次震撼了我。花儿明艳的色彩和墓地秋日暗沉的色调形成了鲜明的对比——几乎就像是她的美的一种展示。其中也包括我送给她的花圈，上面写着"爱妻"，还有一束火红的玫瑰。瑞安送的花圈格外漂亮，是一本打开的书的模样，中间是安吉的一张照片，而天堂之门——那座白色的大墓碑上缀着用一朵朵小花拼写成的安吉阿姨，还有孩子们用大大的字母写成的"妈咪"字样。

我不忍去读任何卡片上的字，包括我自己的，于是我有意回避。我只是站在那里看着。但不久我就发现我怎么都不能待在这里。我知道我将会不停地回来——直到我死的那天，只要我还能走得动，我都会回来——但此刻，想到安吉在这里，深埋在地下，让我感到太过痛苦。我知道我得去别的地方。

　　我很快就想到要去哪里了。我直接开车去了公园，下了车后，我把外套拉紧了些。天还没有黑，但天色阴沉，我进去的时候几乎一个人都没有看到。我朝亭子走去时，经过了一对遛狗的年老夫妇，还有一对手牵着手的少男少女，勾起了我的心痛。他们穿着校服。就像是过去的我们。我不敢看他们。

　　走到亭子时，因为冬日将至，亭子关闭了，我坐在我们的台阶上，那是我们第一次约会的地方。我伸出一只手抚摸着台阶，感到石板上寒意袭人。我想到每一次我们经过这里时安吉都会说的话。"那是我们的台阶，米尔。"她说，然后笑容如花绽放。

　　就在我坐在那里——坐在我们的台阶上时——这一天来我才第一次想到，今天是我四十九岁生日。我四十九岁，孑然一身。我成了鳏夫。这个词在我头脑里盘旋，对我来说既陌生又扰人心神。一个鳏夫。没有了她我还怎么活下去？

　　那是无边的黑暗时光，我的头脑里突然充斥着各种可怕的念头——我知道我要竭力赶走的念头。我失去了知心人，我知道要终结我可怕的痛苦只有一个办法：如果我也死去，那痛苦也就解除了，我们将重逢。正因为这个办法如此简单，才显得那么诱人。未来是太不可捉摸的一件事；相比较而言，死亡似乎简单得多。对每个人来说都更简单。毕竟，如果我只能浑浑噩噩度日，那我对我的孩子们来说有什么用呢？

但我还是赶走了这些念头，因为我头脑中有更响亮、更理智的声音，被疯狂暂时取代的声音；还有安吉的声音，她的声音总是最强有力的，它提醒着我，我曾向她承诺过，要尽最大努力把孩子们抚养长大，要替代她的位置。这让我想起了其他事：如果我还不到时间就去了天堂，而她因为我已经辜负了她而拒不见我，那去有安吉的天堂对我来说又有什么意义呢？我的孩子们已经失去了他们的母亲。他们现在比任何时候都需要他们的父亲。我们的孩子。安吉的孩子。我现在不能让她失望，在她经过所有那些努力，确保我在没有她的情况下能照看好他们之后，我不能这么做。生活还得继续，尽管过程将是痛苦的。而且我必须相信痛苦会随时间淡去。

我站起身，最后一次恋恋不舍地环顾公园，看着我们一起遥望了三十五年之久的景色，看着造就了许多我最珍贵的记忆的地方，我亡故的妻子的灵魂将永远所在的地方，天色开始变暗。我朝车走去，开车回家，回到我的孩子们身边，他们现在是我的生活和最重要的责任。

第二十一章

葬礼的次日，我没有让孩子去上学，趁着坟墓还是新的，我带着他们一起去和他们的妈妈道别。我们又一次经过我们恋爱时她居住的家，知道她离我这么近让我宽慰。

科里和埃拉看到有那么多鲜花献给他们的妈咪，还有路过坟墓的人们停下来观望的目光，感到很兴奋，但我们没有久留，因为对于成年的三个孩子来说，这太令人难受了。拜访年迈祖母的坟墓和自己妈妈的有着天壤之别，情况就是这样，因为对年幼的孩子们来说，妈妈是他们的全部世界，而她现在已经被深埋在了地底下。

尽管发生在我孩子身上的事情甚至连最可恶的敌人我都不希望他遭遇，但我心里还是有些微的感激，至少，那几个小孩子还不太懂他们遭受了多大的损失。他们显然不知道。尽管现在已经五岁的科里明显意识到了他的哥哥和姐姐们的悲痛，但小埃拉却全然不知。当我们挤作一团，抱着彼此以抵御严寒时，我能感觉到她不明白大家干吗那么悲伤。

这也让我格外清晰地意识到这一切有多不公平。尽管我知道生死有命，但和孩子们一起来探望安吉的坟墓感觉全都不对。和孩子们站在这里的应该是安吉，而不是我。全都反过来了。如果我们中的一个必须死去，那么那个人应该是我。活着的应该是她——他们无私的、令人敬爱的、了不起的妈妈——应该是她来指引他们度过黑暗时光，看着他们长大成人，然后收获这些年给予孩子的关心和爱护的回报。就眼下来说，应该是她看着他们打开即将到来的圣诞节的礼物。现实在各个层面都是错的。是如此的不恰当。

我们没有逗留。有的是机会，等到大家不那么脆弱的时候，当我问孩子们现在想不想回家时，我能看到年长的三个孩子脸上如释重负的神情。

不管怎样，埃拉很高兴现在能回去了。她等不及换别的玩儿，刚学会走路的孩子都这样。"再见，妈咪！"我抱起她准备离开时她尖声说。来回摆着小手，就像安吉教她的那样。"拜拜！"她说，"拜，妈咪。我们很快又会见面的！"

如今我因竭力保持坚强而情感枯竭，每天都会造成一连串反应，睹物、闻声或只是一段自发的回忆都会把我击垮。

我忍不住想到安吉在这方面会比我强太多；如果我们换个位置，她会找到我没有的力量。我不停地想起对我们来说意味深长的那首西城男孩的歌曲的歌词。没有她我似乎在不停地沉沦——

我所有的力量似乎都消退了。

葬礼之后那周的周一，我想起了一个痛彻心扉的事实。那是正午时分，埃拉去了纳塔利那里。为了让我休息一下，她把她带去和沃伦一起玩了。

今天我还没有做什么：我带狗去树林里散了下步，去看了下赫伯特，但此刻我只是站在厨房窗边，茫然地眺望窗外，这时我听到厨房的门吱嘎一声开了。

是尼斯和索菲。他们都回家了，因为尼斯这周请了假。他的老板对他和达蒙很好，我真感激他。尼斯手里拿着什么，包起来了，看起来像是个礼物，他现在把它递给了我。

我猜得没错。"爸爸，送给你的生日礼物。"他说。

我感动不已，但同时心也为之一沉。我叫孩子们不要送我生日卡片和礼物。这是我最不想要的东西，不仅是对我，对他们也是。现在怎么会有人有心情庆贺生日呢？

"噢，尼斯，"我说，"我跟你说过不要……"

但他摇摇头。"是妈妈送给你的礼物，"他解释道，"她给我钱让我去买的。"她把它给了我，"就在上个月。就在她死前的那个周末。"

尼斯挣扎着想把话说出来，但情难自控。索菲，我注意到，抓住了他的手给他鼓励。我真高兴他有她，高兴我的两个大儿子都有女孩照顾。

我打开包裹，是一个盒子，里面装着一个卫星导航仪。"她想让我把这个送给你做生日礼物，爸爸，"尼斯补充道，"只是……"他结结巴巴地说，然后停住了。接着，也许是意识到了我即将崩溃，他和索菲转身离开了厨房。

我在克制自己方面没有我勇敢的儿子做得好。我感动到落泪，我完全被悲伤淹没了。尼斯和索菲走之后，我再次完全崩溃了。想要振作起来、及时赶到学校接其他孩子们，实在需要强大的意志。我又不停地想到那个同样的问题。她为什么要那样死去？为什么这么突然？为什么前一分钟还好好的，后一分钟便进了太平间？

收到卫星导航仪似乎让我的思维变得清晰了起来。只有当我找出真相后，我才会找到平静。这个卫星导航仪是让我们去兰迪德诺用的。安吉买它是为了指导我们回去度我们现在再也不能去度的假。而我只是想不通她怎么死得那么突然。到现在我都不能理解——甚至更不能理解了。我只是不能相信癌症怎么会突然就要了她的命。

我知道她在生死边缘垂死挣扎——我当然知道——但为什么是以这种方式？为什么这么突然？我迫不及待地想要知道答案，我需要去试着找答案，到现在我还没听到有关死后验尸结果的消息。我决定给医院打电话，接通病人联络办公室的林恩·汉德利后，她告诉我她会为我和安吉的肿瘤专家约个时间见面。"我会和你一起去。"她说。当她打回来时，她已经帮我约好了下周四。我深受感动，因为林恩四点半就下班，而和会诊医生约定时间要在她六点看完门诊之后。

但这次会面并没有多少成效。"到底是什么地方出了错？"我一进去见她就想知道。再次回到医院只让我重新想起了那一整场噩梦，我怒不可遏，控制脾气再次成了挑战。但不管怎么样，会诊医生什么都没告诉我。"我很抱歉，但我不知道，"她说着伸出手，"我解释不清楚，米尔索普先生。你知道的，你妻子死的四天前我才看过她，那个时候她在进行化疗，情况似乎很好。我像你一样震惊。"她说。

我的怒火再次升起。"但是在那段时间里，"我坚持道，"在她体重减轻的那段时间里你什么都没做！"

我心烦意乱到不能继续。在我站在那里浑身颤抖的时候，会诊医生往回翻看了过去半年的病历。"这里根本就没有你对医生讲安吉体重减轻的记载，"她说，追溯到三月份安吉看挂号员起，"但接着在五月份，"她继续说，"医生记录的是安吉的体重已经'稳定'下来了，这和他之前的记录互相矛盾。"她抬头看我。"实在抱歉，但我什么忙都帮不上。他已经不在这里工作了；实际上，他人已经不在英国了，所以我恐怕不能就这点问他。"

会面后我感到更加沮丧，林恩·汉德利尽量让我平静下来。

"伊恩，"我们往回朝她的办公室走去时，她柔声说，"有可能安吉仅是死于癌症。也许你应该尽量接受。"

但我不能。我知道人人都会说我应该这样。但我就是不能。

回家路上，我在安吉的哥哥尼尔家停了一下，把肿瘤专家对我说的话告诉了他。这实质上并没有什么，但尼尔建议我把安吉的病历留在他那儿。"让我看看，"他说，"看看我能不能发现些什么。"

几天后，尼尔看完安吉的病历，果然给我打来电话。但他没有提到她体重减轻的事。"你知道我们安吉对吗啡过敏吗？"

"当然，"我答道，"他们不应该给她服用吗啡。这在他们的医院病历上有记载。肿瘤专家也知道。"

我和尼尔通话时尼斯也在房间。"爸爸，"我一和尼尔道完别他就说，"妈妈死的那天晚上，我肯定听到其中一名护士谈到吗啡。我想那是他们给她止痛的。"

第二天我回到医院，但这次是去拿安吉的护理记录的，上面证实他们的确让她服用了吗啡。

我一回到家就再次给验尸官打了电话。死后验尸还是没有结果，但这是新情况，当我解释说我拿到了安吉的护理记录，她死的那天晚上他们给她服用了吗啡时，他对我说现在这种情况将不得不进行审讯。

"就好比法庭听证会，"他解释说，"也就是说你要把一切事项委托给一名律师来做。你有律师吗？"

我告诉他我有。"如果是那样的话，你现在得把一切事情交到他手里，因为从现在起，一切事项都需要通过他来处理。到一定的时候我们会告知你日期。"

尽管这不能改变什么，但还是让我松了一口气，我很高兴我的心现在也许能得到些许宁静了。放下电话时我心里空落落的。她走了。什么都不能将她挽回。

接下来一周，杰克和杰德都要满八岁了，我需要充分振作，给他们组织一场生日派对。我下定决心要让安吉为我的努力感到自豪，于是我决定亲自动手给他们做生日蛋糕。

那天早上把孩子们送到学校时我心情愉快。知道自己在做的事能让安吉感到开心，我的脚步变得轻快了一点。尽管她人不在这里，但我能强烈地感受到她就在我身边。

埃拉兴奋得不得了。只要是做吃的，她都喜欢插一手，于是我将一把椅子拉到厨房操作台前，好让她站在上面，在我旁边帮忙，我还在厨房抽屉里找到了一条儿童围裙。

帮她准备完毕后，她帮我搅拌黄油和糖，接着往里面加鸡蛋。当埃拉小心翼翼地将食材一样一样递给我时，我情不自禁地想起那天安吉向我报复，把一整个鸡蛋都弄到我脸上往下淌的情景。我忍不住微笑。那是多么美好的回忆。

配料混合好了，我把它放进蛋糕容器里，接着把容器放进烤箱，然后便是做甜奶油酱馅料的时间了。

"好吃，"我一做完便舔了舔手指说，"太好吃了，埃拉。"我逗她。

"我能尝尝吗，爸爸？"她问我。我把碗推过去给她。"只能一点点，"我说，"不要吃太多。"她把手指伸了进去。

"好吃，"她点头表示赞同，"我还能吃一点儿吗？"

"就再一点点。"我对她说，因为我不想她把自己吃病了。"然后我们就该去给房子吸尘了。"

埃拉喜欢用吸尘器吸尘。但貌似今天她有别的想法。我才刚打扫完客厅便发现她不见了。我担心她会去碰发热的烤箱门，赶紧关上真空吸尘器去找她。果不其然，她回到了厨房，但她没有靠近烤箱。她把椅子拉回操作台前，揭开碗上盖着的食品保鲜膜，正忙着吃更多甜奶油酱。

但她一发现被我逮到了，便露出安吉一样的微笑，让我甚至不能对她发火。我得留心这点，我想。

蛋糕冷了，切成了两半，甜奶油酱也准备好了，我们准备做糖霜。埃拉再一次"出手相助"，但我并不比她强多少，所以最终结果看上去完全像是她做的，我太糟糕了。但我坚持着，第二层糖霜好一些，时间一点点过去，我开始装饰蛋糕顶部。这个要求有点儿高，但我雄心勃勃，在抽屉里搜寻了一番后，我掏出一个糖霜袋子和喷嘴。装好喷嘴后，我往糖霜袋子里装满了糖霜，然后开始小心翼翼地在蛋糕周围裱上一层扇形的花边。

令我吃惊的是，它看起来真的漂亮。漂亮到足以打动埃拉。"呵，好看，爸爸！"她欢快地说，拍起了小手。她说得没错：的确不错。我都有点飘飘然了。而当我插上粉蓝的蜡烛时——杰德八根，杰克八根——看上去简直像是我从一家高档蛋糕店买回来的。

"好可爱的蛋糕！"我们把它放在生日派对餐桌最显眼的位置时埃拉赞叹道。杰克和杰德看到它时都兴奋得直尖叫，我真正感受到了做好一件工作的满足感。

但很快我又从云端跌了下来。几周后我在翻阅相片盒子时拿起了安吉记着孩子们生日的那个笔记本，这才意识到自己犯了个天大的错误。尽管蛋糕做得很成功，但我还是让她失望了。我把庆祝都安排在了11月22日。但杰克和杰德的生日是在11月21日。

尽管这对双胞胎甚至都没意识到我犯的错，但我还是无法原谅自己。我让安吉失望了，我感到很难过。

第二十二章

轮到科里两周后过五岁生日时，我有了些进步。我又做了个蛋糕，不过这次没有埃拉帮忙，格伦在照看她，我还给科里买了他一直渴望的《玩具总动员》中的人物玩偶。一次又一次，我想着没有我哥哥我该怎么过，他现在成了我生活中的常客，而且是必不可少的。住得这么近，我每天早上送孩子们去上学时，他都会跑过来帮我照看埃拉，而且只要我出去跑腿他都会过来。他不工作的时候，把所有的时间都用在了孩子们身上，他们都爱他爱得要命。他带他们去公园，带他们去散步，和他们一起做游戏，逗他们开心，我总是发现自己在想，他自己没有孩子是多大的一件憾事。他能帮助我们令我感激涕零。

他在我们生活中平静地存在，意味着至少我能日复一日地应付，尽管不得不在没有安吉的情况下照看孩子们对我来说是巨大的打击。在无数细小的方面，这项工作实在是太高难度了。你怎么能做到呢？一边给一个孩子穿衣服，一边留意别的孩子；一边做饭，一边应对他们吵嚷着让你做别的事情；一边给他们中的两个劝架，一边还要试着给另一个洗澡。我一直都知道照看孩子需要后脑勺上长眼睛，但现在我觉得脑袋两边也需要。

但尽管如此，有格伦的支持，我对圣诞节开始有一丝乐观的期望。尽管我有点想今年就直接取消掉算了，但我不能。我要考虑到孩子们。圣诞节的几周前我去看了赫伯特，意外地发现他在布置几样装饰，这也让我想到，我面对这件事的态度有多重要。他过圣诞节从来不喜欢搞装饰。过去家里就他和温妮，两个人都那么老了，他觉得没必要。但温妮像安吉一样，对圣诞节喜欢得不得了，所以她会不停地在他耳边唠叨，然后总是她赢。

但现在她走了，她和安吉都才死不久，我从未料到走进他家时会发现窗户里摆着亮着灯的小小圣诞老人，它站在圣诞节惯常摆放的位置上，所有照片周围都装饰着金箔纸，圣诞卡成串地挂在墙上。我把心里的想法告诉了他，他只微微一笑，耸了耸肩。

"我只是想给温妮挂上几样装饰，小伙子。"他说。

安吉一向像她妈妈。我们自己的圣诞树是三年前在百安居买的。安吉一看到它就忍不住要买下来。我当时不明白为什么，因为我们拥有的那棵才两岁大，而且非常好。但她就是喜欢这棵，它上面整个都长着冬青树浆果和松果。她一直说个不停，直到我妥协并买下它为止。

现在我为当初买下了它而高兴，因为它让人感觉太像是她的树了。我们一起装饰它，就像一直以来的那样。孩子们轮流从盒子里取出装饰品，我举起他们，好让他们把饰品挂到高一点儿的树枝上。像每个家庭一样，我们的许多饰品是孩子们自己做的，加之我们有许多孩子，那就意味着这样的饰品很多。最后，我把埃拉举过肩膀，好让她把天使放在最顶上。她把天使放上去时，我想我们其实并不需要天使。我们有自己的天使，她正从天上俯瞰着，看守着我们。

圣诞树装饰好了，我感到更有信心能过好这个圣诞节，因为它立在客厅里让我感到安吉就在我们身边。而且，至少圣诞节将我和孩子们的注意力转移到了其他事情上。除了生日能带来喜庆外，随着我们失去安吉的巨大影响开始显现，孩子们在努力适应着没有妈妈的生活，过去几周真的很难。

我尤其担心杰克，格伦也是，毕竟杰克和他很亲近。我们俩都注意到，最近他似乎总是在和兄弟姐妹们打架，而且我们还发现他在学校也是这样。

安吉死后约一个月的一天早上，我接到学校秘书的电话。电话响起的时候我正在洗什么东西。

"抱歉打扰你，米尔索普先生，"她说，"是因为杰克。我们相当担心他。"

"为什么？"我问。

"呃，他和一个男生打起来了，气冲冲地从教室跑出去了，接着跑出了学校。他没事，"我还没来得及担心他是否发生了什么意外，她便赶紧补充道，"他现在回学校了，但他脾气那么大，老师们在后面追他的时候，他差点儿被一辆穿过马路的汽车撞倒。"

他们问我，去接孩子们放学的时候能不能进去一趟，和校长简单谈一下。我一到那里，他们就告诉我他们有多担心他，以及安吉的死对他的行为产生了多大的影响。结果证明这只是冰山一角。我开始不断接到学校的电话。杰克又打架了。杰克冲老师发火了。杰克和谁发生了口角。尽管我不断到学校去听事发经过，但我并不太知道该怎么处理。他显然是在发泄丧母之痛，我不知道该如何着手让情况好转。在他调皮捣蛋的时候，我是该狠狠地教训他还是刚好相反？如果说身为许多孩子的单亲父亲，在处理生活中的实际问题时困难重重，那我发现，该如何在扮演父母双重角色的情况下处理他们的情感问题，则更要棘手得多。安吉活着的时候是那么简单：有需要时，我总是不为所动的那个。但现在，孩子们的心已经那么不安稳了，我怎么还能无动于衷呢？我发现我根本不忍数落他们。

学校的护士特里萨想出了个主意。"你知道的，杰克，"她在杰克又一次闹事后会面时对他说，"我想去做些咨询对你会有好处，就是找家庭之外的某个人谈谈，你可以向对方宣泄情感。"

杰克一脸焦虑。他显然不那么热衷于和一个陌生人交谈。但特里萨很快就打消了他的恐惧。"杰克，如果你愿意去的话，我会陪着你，"她安慰他说，"而且我们还能一起做些别的我认为你也许会喜欢的事情。我们可以做个记忆盒子，它能让你想起妈妈。我们可以往里面放许多特别的东西：她的照片、纪念品，她爱的东西。你觉得怎么样？我们可以一起做那个吗？"

杰克似乎更喜欢这个主意，结果他们就是这么做的。杰克开始去看心理顾问，与此同时他和特里萨一起做了这个漂亮的盒子。显然他再做不出比这更好的东西了，因为它在安吉和他之间建立起了亲密的纽带：几乎每天放学回来，他都会问我要不同的照片，然后坐在那里给她写第二天要放进盒子的小字条。大功告成的时候他是那么幸福，他把它带回家给我看，里面有他在心形的纸片上写给安吉的小字条。他还做了个美梦环挂在卧室，正中心贴着一张他妈妈的照片，周围还挂着几根细管，在微风中发出丁零当啷的响声。

学校对杰德和科里也非常好，我无比感激老师们对他们的关心。就在这学期结束前，老师让他们三人都给安吉写了信，他们将信附在孔明灯上，灯点着后从校园的草地上飞走了。他们做了多么有爱心的一件事，我对他们感激不尽。

虽然我内心还有些微的畏惧，但期末和圣诞节转眼就到了。尽管购买和包装大部分礼物的人一直都是我，可我知道"过"圣诞节将是安吉死后检验她对我的训练的最佳机会。虽然安吉把一切都教给了我，但我还是会出错，特别是在买女孩子们的礼物时。在那盛大的日子即将到来前夕，我忙得不可开交，以至于当平安夜真正到来时我满心敬畏。我不太敢相信这就是安吉一直在做的，每一个圣诞节，一年又一年。

但令我惊讶的是，当我最害怕的那一刻——看着孩子们在圣诞节早上打开礼物，我也打开他们送给我的礼物——到来时，实际上感觉还不错。尽管我为安吉和未来她不能和孩子们共度的所有那些圣诞节感到心痛，但我还是强撑着过了这一关，没掉一滴泪。

　　可你绝不会知道悲痛什么时候会来偷袭和击垮你。它给我的感受——就好像你无力阻止，只能任由身体成为它的俘虏。它到来时，我正在为我们的圣诞节大餐削土豆皮。

　　纳塔利和达蒙这会儿已经到了，带着我最大的侄子艾德里安——他是马尔克的儿子。纳塔利当时在厨房里帮我，我隐约感到她溜出去叫男孩们了，因为过了一会儿，达蒙和艾德里安两人都用手臂抱住了我。我花了很长时间才停止抽噎，但我知道他肯定也哭了。不应该让孩子们在圣诞节看到我哭。安吉会生气的。

　　吃完圣诞午餐后，我带着五个小一点的孩子去了墓地，三个大一些的儿子那天早上已经去看过她了。天空布满了像羊毛一样的冬日云朵，地上有雪花，科里和埃拉小脸冻得通红，跑在我们前面。

　　"妈咪！妈咪！"我们来到安吉的坟墓所在的那块墓地时，他们俩兴奋地高声喊道。杰克、杰德和科里都在学校给她做了圣诞贺卡，今天都随身给她带来了。因为昨天才下过雪，地上的雪很厚，我印象中这些年来没有哪一次的雪下得有今年大。我真希望安吉能活着看到这些，因为我知道她会有多喜欢。她喜欢关于圣诞节的一切，包括下雪，她非常喜欢，我记得过去每当天气预报说要下雪的时候，她都会不停地眺望窗外，看天上的云朵。"下吧！"她会对天空高喊，"下吧，雪，别停！"那个兴奋劲儿和孩童无异。

当我们嘎吱嘎吱穿过雪地朝她的坟墓走去时，我想她会喜欢今天自己坟墓上的雪花。所有那些冬青花圈和鲜花上都挂满了雪花，将坟墓变成了一座柔软的、闪亮的土丘。我跪下去把坟上的雪拂掉，鲜花和浆果再次显露出来。尽管我一方面惊讶于它们保存得那么好，但另一方面我又不惊讶。一个生命力如此鲜活的人就是会继续把生命带到她安息的地方，这样才对。

在我打理花圈的时候，小家伙们在雪地里玩耍，那对双胞胎和我一起跪在坟边，和安吉说着话。杰德喋喋不休地说开了，跟她妈妈讲圣诞老人给她买的新玩偶和婴儿车，而杰克在开始接受心理咨询后情况好多了，他跟她讲他有了新自行车很开心。尽管我知道他们有多想念她，这快乐的时光只是短暂的，但听到他们声音里的快乐我还是很高兴。圣诞节显然激励了他们所有人。康纳也从圣诞老人那里得到了一辆自行车，但他很沉默，我完全能够理解。他现在快进入青春期了，这是男孩们格外敏感和情绪化的年龄段。我知道他宁愿把自己的想法埋在心底，也不愿冒尴尬地在弟弟妹妹面前崩溃的风险。

和孩子们在这里，我发现要忍住不哭需要巨大的意志力，但不知怎么，我做到了，并为此而骄傲：这是我送给安吉的生日礼物。今天——圣诞节——是一年中她最喜欢的日子。所以不许掉泪，至少我不能。

我们没有待多久。天实在是太冷了。冰冷刺骨。这种状况已经持续了好几天。整个世界银装素裹很是好看，但冷到这个程度也会让安吉把暖气开到最大。安吉总是怕冷，因为她太瘦，就算把暖气开到最大也会冷；当我们离开墓地时，我想起我们俩一起看电视的一段情景，我们坐的姿势总是一样，我坐在沙发一头，安吉躺在沙发上。

"把T恤拉上去，米尔，"她会说，"好让我把脚放到你肚子上暖暖。"

我讨厌去想她这么冷。讨厌我们现在要回家了，回到我们温暖舒适的房子里，却把她丢在这冷冰冰的墓地。

我们结婚后每一年的新年前夜安吉和我都会出去。我哥哥格伦从来都不太喜欢出去，所以他会帮我们看孩子。我们总是无一例外地和我们这个大家庭的成员一起去当地酒吧。也许是因为刚爬完圣诞节这座"大山"，今年我决定和格伦做伴，陪我的孩子们，他们需要我。

我们过得很开心，实际上比我能想象的更美好。我们吃派对食物、看电视、和格伦一起玩棋盘游戏。晚上的时候，我们决定几周内去旅行一次，今年第一次去松威客——算是为圣诞节祝贺，而我们去那里后也预定了暑假再去一次。

松威客在三月初开始营业，当我们到达那里时，我很高兴。尽管孩子们都很兴奋，但我还是有点儿担心，因为我知道去那里旅行将会是一道巨大的障碍。那是安吉最喜欢的地方，我会在各个角落看到她的身影，那里的每一寸土地都会触动我的记忆。就如我所料想的，尽管我们动身时孩子们亢奋异常，但当我沿着熟悉的路线开着租来的车往前行驶时，安吉不再在我身边，我感到一丝恐惧，不知道将怎么应对。

这天天气很好。还是有点儿冷，但阳光明媚，这样的天气显然是在鼓励大家都出门。松威客几乎像夏季高峰期一样繁忙，停车场几乎满了，到处都是人。我们先去岩石区潮水潭，在悬崖底部的岩石周围和上面攀爬，找蟹、鱼和海星。杰克没过多久就找到了一只螃蟹——很大的一只。好吧，不是那么大，反正从我站的地方看不是很大，但听孩子们此起彼伏的吵闹声，你会以为那是个庞然大物。"爸爸！爸——爸！"他喊道，那只愤怒的动物稳稳当当地夹在他的手指上。"爸爸！快把它从我手上拿下来！啊唷！把它从我手上拿下来，爸爸！救命！"

我狂笑着找路穿过去，把他从螃蟹的魔爪下救下，我笑得那么厉害，差点儿滑倒在岩石上，变成落汤鸡。那是个微不足道的小东西，也许很高兴能回到水里，远离杰克刺耳的尖叫。现在我们全都时不时地笑个不停，感觉真的很好。

在岩石区潮水潭玩儿时，我们会做的另一件事是收集滨螺。我们可以找到很多，它们紧贴在岩石壁上。我拿出自己的塑料袋——我总是随身带着一个，为的就是这个目的——我们抓了一大袋带回去给我哥哥特里，他会把它们煮熟，然后他和黛安娜会用一个大头针把它们挑出来吃。

我们都喜欢滨螺，所以只要是来松威客，我们都会去岩石潭玩儿；孩子们在度假的时候享受滨螺大餐已经好多年了。随着孩子们将它们一个一个丢进我的塑料袋里，我想起那次我给了安吉一个活的，她却以为是我已经煮熟的。"噢，米尔！"她戳了戳，看它缩回壳里，她喊道，"讨厌！你这个讨厌的家伙。我早该知道你会捉弄我！"接着她把它朝我扔了回来。想起这件事我依然难抑笑意。

我们在岩石潭玩够后大家都想进公园。他们总是这样，因为他们都喜欢游乐园。"爹地，爹地！"他们都催我，像往常一样争先恐后地和我商量，"我们能进公园吗？""我们能去游乐园吗？""我们能玩遍所有的娱乐项目吗？"

我口袋里有足够的硬币，能让每个人都开心，实际上能绕着公园走走我自己也很高兴，因为看到熟悉的面孔会令人心情愉快，我们来这里已经这么久，很多员工都认识我们，而且我们每次来都会做这么些年经常做的事情：看看所有要出售的拖车。那只是个白日梦，尤其在我的身体不能再胜任挖矿工作后，更是如此，但每一年，我们都会去一趟现场的销售处，借来钥匙看几辆。"有一天，"安吉总是说，"有一天，米尔，我们会拥有一辆。"接着孩子们便会加入进来："求你了，爹地，求你了！"

于是当时我暗下决心，有一天我们一定会拥有。

我们绕着布里德灵顿转了转。每次我们来这里必定会去逛逛布里德灵顿。它是一个相当时髦的海滨城市，布里德灵顿，有壮观的维多利亚海滨区，海港里有许多船只，有一个游乐场和一个大沙滩。你也可以乘船出海，其中一种船是大海盗船，还有些带汽油发动机的儿童碰碰船。今天我租了两艘——一艘给我、杰德、科里和埃拉坐，一艘给康纳和杰克坐。我让孩子们掌舵，就像往常一样，享受着他们把船一次又一次撞上彼此时发出的欢笑声，想象着安吉正在天上欢喜地俯瞰我们。

一在海滨玩完，我便告诉孩子们，每个人都可以挑选一个玩具。听到这个消息他们全都欢呼雀跃，我们开始浏览拱形走道里的所有海滨小商店，尽管最后还是一如既往地只有一样东西会引起康纳和杰克的兴趣——买一款新游戏到任天堂游戏机上玩儿。然后当然了，游戏机一到手，他们就想直接奔回家去玩。不过不管怎么样我们也没有逗留，因为我们还剩下一个地方没去。

选好玩具后我们回到了悬崖顶上。安吉最喜欢站在这上面，眺望悬崖峭壁的秀丽景色。那是世界上她最喜欢的地方之一。我们走进咖啡馆，给我和康纳叫了茶，给小家伙们叫了可乐，就是在那里，我记起我想要做什么了。

咖啡馆外有一排长凳，所有长凳上都有黄铜牌匾，以此纪念那些已经过世的我们亲爱的人。安吉一直都喜欢读它们上面的字，并总是赞叹这个主意真好，所以这件事一直在我心上，我也要为她做一块。

"这个主意太棒了，爸爸。"当我把自己的计划告诉杰德时，她兴奋地说。我们甚至选好了长凳。那里有许多牌匾，剩下装新牌匾的地方已经不多了，但我们还是在一条长凳上找到了一块地方，孩子们一致赞同那里的景致最好。

接着我们又回到咖啡馆，问他们知不知道我们能从哪里给安吉定做一块牌匾，我在那里还决定，以我和兄弟姐妹的名义给我父母也定做一块，以此纪念他们。

"哦，那些是我丈夫做的，"收银的女士告诉我，"你只要写下你想把它放在哪儿，并写下你想说的话就可以。"

我写道："满溢着爱纪念我美丽的妻子，安吉拉·罗斯·米尔索普，卒于2010年10月19日。我对你的思念随着时间的流逝与日俱增。给你我所有的爱，×××先生。"回家路上我又对自己许下一个承诺：哪天我有钱了，我要给她买一条专属长凳。

第二十三章

只有傻瓜才会认为接受失去自己至亲的人是一件容易的事，时间一周周过去，我们的生活开始找到新的节奏，然而缺少了安吉依然让人那么难受。

它在不同的孩子身上得到不同的体现。杰克现在平静些了，似乎恢复了一些力量（调皮劲儿就更不用提了），但现在令我担心的是康纳。发生了这么多事情，让人很容易忽视他正在读高一，这本身就是一件大事，也使得一切压力翻倍。

迹象随处可见。他开始早上谎称生病不去上学。我花了些时间才哄他说出他在烦恼什么，他最终坦白说有男生骂他，甚至还有人威胁要在放学后打他。

我感到厌恶之极，怎么会有人对正在经历丧母之痛的孩子如此残忍？我立即给学校打电话，约好去见校长。我进去见他时，他甚感羞愧，这完全可以理解，他保证会找相关男生的家长谈谈。

"我希望是这样，"我对他说，"如果你不找，我会去。"

不管怎么样，我是好不容易忍住才没那么做的。

然而不管校长采取了措施与否，欺负人的事并没有停止。就在几周后，我再次接到校长的电话。康纳在他的办公室，显然很生气，从电话中他对我说话的语气就能听出来。

"到底发生了什么事？"我问他。他嘶哑着声音告诉我，有个男生老是对他唱一首歌。

"什么歌？"我问他。

康纳抽噎着，几乎说不出话来。"歌词说：你妈妈去哪儿了？"他最终告诉我。

我愤怒地放下电话，被这种残忍的行为气得几乎说不出话来。

谢天谢地，随后几天，康纳的问题解决了。男孩们的父母一得知发生的情况便制止了孩子们的行为，我甚至对人性恢复了信任。几天后康纳放学回家问了我一个问题。

"爸爸，"他说，"你知道杰克吗？就是对我唱那首歌的杰克？"

"知道。"我说。想让我忘记这号人物还真难。

"好吧，"他说，"他不再那么对我了，他向我道歉了，我们现在成了朋友，他待会儿会过来找我，他想让我转告你，他对自己的所作所为非常抱歉，并保证这种事再也不会发生。"

康纳发表完短短的讲话，喘了口气。我点点头，但依然怀疑：你为什么想和一个曾对你这么恶毒的人交朋友？我只希望他不会再受惊吓。但我必须答应。我能听到安吉在对我说那么做是对的。他显然想和这个男孩做朋友，那我有什么权利横在他们中间？

"那好，"我说，"如果你接受他的道歉，那我就接受，儿子。"

果不其然，过了一会儿，有人敲响了前门。我打开门，看到一个看起来非常紧张的男孩站在门阶上。

"真的对不起，米尔索普先生，"他说，"我不该在学校骂康纳。现在我们成了朋友，你同意我和他交往吗？"

我严厉地盯着他，但实际上我为他的勇气和礼貌所折服。"当然，"我微笑着说，"进来吧，小伙子。"

康纳和他至今都还是好朋友。

家庭方面我似乎也能应付。我至今还在为杰克和杰德生日派对的失误耿耿于怀，下定决心要记住我三个大儿子的生日，他们三个的生日集中在三月末到四月初这段时间。结果我做到了。我给了老大老二一些钱，让他们犒劳自己，至于尼斯，他正在和朋友本吉一起做生意，我出手大方地送了他一台笔记本电脑，我知道这正是他所需要的。

每天考验我的依然是那些琐碎的事情。独自一人，要想去什么地方干点儿什么还是不行。每当我有机会开车去跑跑腿儿，比如帮赫伯特买点儿东西啦，购物啦，去看看我的某个兄弟啦，如果大一点儿的孩子一个都不在身边，我就会陷入孤立无援的境地。无论我想去做什么，去什么地方，做成什么事儿，都得把所有小孩子带上。对此，他们像我一样烦恼和感到不方便，尤其是他们正开心地干着别的事儿的时候。

我也不可避免地犯愚蠢的错误。就在复活节前，我给杰德买了一条红色的新牛仔裤，一个星期六的晚上，睡觉前她叫我把它洗洗，我及时将它丢进了洗衣机，准备明天洗。结果第二天下午，我忘记我把它放在了洗衣机里，用消毒液洗了准备给孩子们上学穿的衣服。我把所有白色的球衣都放进去了，然而把它们拿出来的时候，我才发现它们全都变成了漂亮的粉红色。这个样子是没有办法让孩子们穿了，尤其是男孩们，于是他们星期一临时集体翘课，而我不得不去买一大堆新衣服。

身为两个女儿的父亲也麻烦不断。比如我们三月的松威客之旅，当埃拉想去上厕所时，我显然没有选择，只能带她去男卫生间。或更准确地说，我曾想这么做，因为我一准备这么干她便大闹起来。"我不去那里，爹地！"她哭喊道，"那是男卫生间！我要去另一间！"无论我怎么好言相劝让她平静下来，带她进去，她就是不同意。

帮我摆脱困境的是杰德，尽管让她来做这件事似乎还太小了点儿。"我带她去女卫生间，爸爸，"她说，"我们能行的。"这意味着杰德帮埃拉解决问题时，我只能在外面焦急等待，否则我还能怎么办呢？

岁月如梭，随着一周周过去，我在家务事方面变得越来越驾轻就熟。不知不觉就是五月了，我们的假日快到了。

在那天到来前，我还有最后一件严肃的事需要处理，那便是在5月3号去谢菲尔德参加关于安吉死因的审讯。我从来没上过法庭，但在电视上看到过是什么样子，谢菲尔德的法医学中心看起来就像是那样。那里为验尸官设了一个挑高的讲台，他站在一张办公桌后，而证人则站在他旁边。其他人都面对他们，坐在像电影院里那样一排高过一排的座位上。

有几个家庭成员陪我一起来：尼斯、马尔克和艾琳、我们的克伦、安吉的哥哥尼尔和黛安娜。我很感激他们做伴，因为审讯从上午十点开始，到下午三点都没有结束。这是令人情绪激动的漫长一天。证人一个接着一个走到台上，从带进来的专家到那天晚上照看安吉的护士。护士不能清楚准确地回忆那天晚上事情发生的顺序，但当八点安吉的血压降到那么低时，我不敢相信她居然没有迅速呼叫医生。

庭上进行了很多关于安吉对可待因和反胺苯环醇过敏的讨论，尽管在我看来，安吉显然是对那些药物产生了过敏反应，但验尸官的裁决和最初写在死亡证书上的没有什么不同。再一次，验尸官把死亡原因归于恶性肿瘤扩散，换言之，即癌症已经扩散到安吉全身。显然没有证据证明安吉因那天早上遭受的溃疡爆发造成了大出血，但很显然，也没有证据证明有过敏反应（服用吗啡造成的严重过敏反应）。

然而，当班护士粗略的回忆记录显示，从早上八点安吉的血压降到很低，直到九点她的心脏停止跳动，这之间都没有医生来检查。但这不是重点，验尸官解释道，即使当时有医生过来照顾，对结果也没有什么影响。

我坐在那里——听着，消化着他说的话，试着让自己接受。但实在是太难了，我想也许我永远都不能接受，因为每当我听到发生和没有发生的细节，那句"如果"就会在我心头流连不去：我依然不太能接受她绝对没有活命的机会。

那天我们回家时，我心中是另一种沉重的感觉。愧疚。愧疚那天我把安吉送进了医院。如果我没有把她送去医院会怎么样？如果我在交叉路口调转车头把她又带回家了会怎么样？她今天还会和我们在一起吗？结果永远不会改变，这一点毫无疑问，她也许能活更久，也许能享受多几个月和孩子们在一起的宝贵时光——谁知道呢？——也许甚至是几年，一想到这些我便饱受折磨。

想到孩子们和他们失去的，一阵巨大的悲伤涌上心头，还有自怜，尽管我知道自己不该有那种感觉。但甚至是在我产生这种感觉的时候，我都感到安吉就在我身边，感到她的声音就在我耳边，说："不要那样想，米尔！"我想起我们得知她已到癌症末期的那一天，她是那么勇敢和坚忍地接受了自己的命运。"对自己完全无能为力的事情，"当我极度悲痛时她安慰我道，"担心有什么用呢？"

　　在我睿智、勇敢的妻子教给我的所有训诫中，也许这个是我此刻最需要的。

第二十四章

安吉从不留恋过去。如果说有什么事让我了不起的妻子介意的话，那就是听人们不停地诉说已经发生的事。那些他们无力回天的事。

"覆水难收。"安吉过去总是说。那是她在处理那些小事时经常使用的座右铭，她从不是个爱徒劳后悔的人，对大事也一样。"我们不能改变过去，"她总是提醒我，"但我们能改变未来。"

在我生命中最可怕的几个月里，我一直用她的这句话来提醒自己。而大部分时候，它的确有效。我试着按照她的方式来做事。继续生活，尽量做到最好，不浪费时间妄想情况会有所不同。我发现自己越来越倾向于安吉的思维方式，并得出结论：尽管我希望她能活得久一点，让自己继续当拥有她这样神奇女人的幸运男人，但命运并没有给我致命的打击。实际上，我越来越清醒地意识到自己是上帝的宠儿。

如果我的决心削弱了，或如果哪天我过得不好——会有这样的日子，而且我也很期盼有这样的时候——我都能强烈地感受到她就在不远的地方。

在这样的日子里，通常孩子们都上学去了，我在做家务，给客厅吸尘，做着做着，我会突然停下来，关掉吸尘器，去看看她的照片——就是尼尔和黛安娜在圣诞节那天送给我的那张装框照。

"上帝，我想你，亲爱的，"我对她说，"上帝，我多么希望你还和我们在一起。"

我话音刚落——几乎就在我对她说完那些话的瞬间——照片从墙上掉了下来，就落在我穿着长袜的脚上。当我痛得在房间里单脚跳的时候，我发誓我能听到她爆笑的声音。

更奇怪的是，当我走过去把它放回去时，我发现照片背后的钩子还在原位，墙上的钩子也在。"别担心，米尔，"我想象着安吉说，"我还在这里。"

好吓人。非常吓人。但很好。

逃避不是办法——虽然我怕得要命。2011年5月，我照安吉在她列的清单中叫我做的，终于在没有她的情况下第一次带上孩子们去了松威客海湾度家庭假日。这也比我预料的更难。尼尔和黛安娜本来计划一起来的，有他们做伴会让我好受很多，但最后，就在最后一分钟，他们不得不退出，因为他们的小孙女哈里斯生病了。

这次又是我带着五个小家伙，因为尼斯在为他和本吉刚起步的生意卖力工作，他们的生意开始表现出非常兴旺的兆头。我知道我非常想让他和我们一起来，因为他对我来说是那样一个强有力的支撑。但我为他感到无比骄傲——为长大成人的他们三个，为他们遭受了这样一场不幸后还能积极向上地生活。

我又租了一辆客车，大一点的孩子在帮我打包行李方面出了很大力。我已经能看出杰德像个小妈妈了，她照看埃拉的样子似乎全然是自发的。

"爸爸，别忘了这个！"她说着把埃拉最喜欢的玩偶递给我，"还有，你没忘记把埃拉的防晒霜带上吧？"接着她转向埃拉。"现在，"她说，"你想在我们出发前去上下厕所吗？接下来要过好久你才有机会去上厕所哦。"

听了她的话我不禁笑了，但那只是一瞬，因为我们一出发，感觉就像我预料的一样糟糕。这趟旅程的每一个方面都是那么熟悉，都在预料之中，去那里的一路上，我都强烈地感觉到安吉的缺失。康纳坐在前排我的旁边，他现在长得那么大了，看着他我的心都碎了。令我如释重负的是，他现在在学校似乎开心多了。他正处在这样一个脆弱的年纪，失去母亲给他的打击很大。安吉的灵魂似乎也坐在我们身边。我想起她拆开糖果递给我和为我揭开甜味汽水瓶盖的样子。这些都是小事。但一旦失去，它们便成了大事。

但我们一到达，那个地方似乎便对我产生了神奇的作用。当我们在温暖的阳光下把车上的东西拿下来，在度假小屋里拆包行李时，我们在这里分享过的许多欢笑和回忆开始代替我频繁发作的阵痛。我们又将有快乐的回忆，我想，因为这就是我们到这里来的原因。这就是安吉让我保证我们不会停止来这里的原因。

拆包完行李后，康纳和我坐下来喝了杯茶，我们有第一项重要工作要做。我们全都回到车上，离开了公园，沿着那条熟悉的小巷蜿蜒开往悬崖顶部的咖啡馆。

一看到有安吉牌匾的那条长凳，我们便都精神振作起来。那块牌匾崭新发亮。我们像安吉过去常做的那样，全都坐了下来，眺望高耸的白色峭壁和这些年来我们探访过许多次的洞穴。眼前的景色无与伦比。我发誓我能感觉到她就在我们身边。

"我们得去买些鲜花，爸爸！"康纳看着我们身边的长凳说，它们似乎全都装饰着某种献花，不是放在凳子旁边，就是用绳子系在上面。

"是的，鲜花！"杰德赞同道，用力拉着我的手臂，"妈妈需要鲜花！"她像是很开心。看到她笑真好。

我发现自己也在笑。空气中几乎有种庆贺的味道，令人想留住，我决定开车去附近的布里德灵顿，立即去买一些花放在安吉的长凳上。

在去那里的短短路途中，孩子们为买什么花争论不休，但等到我们停好车，找到一家花店时，我们马上达成了一致。我们买了一大束玫瑰，由我送给安吉，另买了五支单支的红玫瑰，一个孩子一支。我们回去后将它们全都放在安吉的长凳旁。

"好了，"杰德说，"妈妈会喜欢这些花的，对不对？因为红色是她最喜欢的颜色，对不对，爸爸？我肯定她正从天堂往下看呢，因为这些花而开心地笑。"

我们全都看着玫瑰花，空气中出现了短暂的沉默。我们的确笑了。

"我妈妈总是在笑。"杰德坚定地说。

在松威客期间，天气像往常一样对我们很是眷顾，我们大部分时间都在沙滩上玩。我们又去了岩石潭，建了精巧的沙堡，就像安吉还在的时候我们到这里来一直做的那样。我们打球和划船（天气还不够暖和，不能游泳），我意识到我正在努力同时做好爸爸和妈妈两人该做的事情；我在勉强应付。孩子们似乎玩得很开心，他们的喜悦具有感染力——既让我松了口气，又给了我莫大的鼓舞。

在沙滩上我们显然是新奇人物。人们一次又一次地过来找我们攀谈，问我是怎么独自一人抚养这么多孩子的。而当我和他们谈起安吉时，每一个人都那么友善。他们对我说，我应该为有这么可爱的孩子而感到骄傲，我把他们养得真好。

"你能听到吗？"我不停地对自己说，我知道安吉在听，"你为我感到骄傲吗，亲爱的？"我认为她会。

在松威客的第三天，我带着孩子们回到了布里德灵顿。那里有一家商店，出售所有那些沙滩上的寻常小玩意儿，我们决定去看看能不能淘到一个小装饰品，拿回家放在安吉的墓碑下，充实那里不断增长的收藏品。

安吉的天堂之门墓碑在一月底安放上去了，自此后我们就一直给她带些小礼物。那里有两个海豹，因为安吉一直都喜欢海豹。一个是孩子们送的，另一个是尼尔和黛安娜送的。尼尔和黛安娜还买了个玻璃球，把她的照片放在里面。还有个银相框，两个戒指的形状，里面有我和安吉的照片，还有一个我给她找到的小瓷天使。

我们只是在浏览橱窗，看看里面有些什么，一个上了年纪的女士开始和孩子们聊起来。

"你有多么讨人喜欢的孩子啊，"她说着转向我，接着又转向杰德，"你们在等妈妈吗？"

"我妈妈死了，"杰德解释说，"我们想给她的坟墓买个新装饰品。"

然后孩子们便纷纷插嘴，都想跟她讲安吉。"她有条长凳，"康纳自豪地说，"爸爸找人给它做了块牌匾。"

"上面写着：我们都想你，"杰克插嘴道，"我们已经给它买了些鲜花。是玫瑰花。"

"对，鲜花，"埃拉证实说，"是送给妈妈的鲜花。"

"她喜欢达克斯猎犬和海豹，"杰德对那位女士说，"我们要找的就是这个。"

我在一旁观看，开始为那位可怜的女人感到抱歉。她的双眼里现在饱含热泪。

"噢，太遗憾了，"她说，扭头看着我，"真是，太遗憾了。"

接着她的朋友从商店里出来了，她拥抱我道别。"他们很可爱，"她小声说，"你把他们照顾得实在是太好了。我敢打赌你的妻子正在天上朝下看着你呢，为你深感骄傲。"

但最好的时刻是过了一会儿才到来的，是在我们回到度假小屋的时候。我们来这里度假总是喜欢订10号度假小屋，那里可以看到游乐场，这样我们在小屋里就可以留意孩子们，而且通过露台门还可以看到周围原野的全景。此刻站在那里眺望门外，我强烈地感觉到安吉的存在。

但我很平静——除此外还有些别的：那便是接受。现在这就是我的生活，我下定决心按照她希望的方式去生活。将我所有的精力都奉献给她赐给我的孩子们。这样等我到天堂的时候，她就不会指责我。这样她就会张开双臂迎接我，告诉我我让她骄傲，就像她的孩子们一样，我认为，他们已经让她感到骄傲了。六个月过去了，我只知道他们将会好好的。

我走进厨房开始准备下午茶。杰克和杰德遛完了狗，男孩子们去游乐场释放能量去了，杰德和埃拉正在卧室里安静地玩着。或者更确切地说是刚才在安静地玩儿。因为我刚匆忙做好火腿沙拉，她们俩就出现在了厨房门口，杰德把埃拉领进来好看着她。

我最近注意到了这点，注意到杰德是如何变成埃拉的合格小妈妈的。这些天她观察我做的一切，她是那么迫切地想要学习。最近这两人经常上楼，她们下来时，我会发现埃拉的打扮焕然一新：完全不同的一套衣服，完全不同的发型。尽管我心痛于安吉不能见到这么甜美的事情，但看到我的两个女儿姐妹情深，我也很欣慰，她们之间的这种感情很有可能会永远延续下去，尤其是在她们失去妈妈后。安吉无比正确。她想再要个女儿的想法真是太棒了。

杰德咧着嘴笑着。"爸爸，"我擦手的时候她兴奋地说，"看！"

她把埃拉转过来，好让我看到她干了什么。

"看看，爸爸！"她说，小脸焕发着光彩，"我聪明吗？"

她的确聪明。就像我说的，她是个了不起的小学生。她把埃拉的头发编成了一条完美的麻花辫，我抬头望天，至少在我的想象里是，我多么希望安吉也能看到。看到所有问题都在慢慢解决——看到所有问题都将解决。看到我们在努力应对。看到我们都在按照她的方式在做。

但我不需要抬起眼睛，因为我知道安吉在那里。

看到了吗，亲爱的？我自豪地想。

因为是我教她的。

尾声

独自抚养孩子让我意识到，为什么要花费这么多的力气，安吉却总是笑容满面。我知道，那是因为按安吉的方式将他们抚养长大付出的所有艰辛，远不及他们回报给我的爱和欢乐。

我们的三个大儿子现在都成人了，我知道她有多为他们三个自豪。瑞安找到了一个可爱的女朋友，他们住在卡德沃斯，他正在为一家刚在那里成立的新公司卖力工作；达蒙也找到了一个新女朋友——他依然在格里姆索普居住和工作。

纳塔利在海上萨顿有了新的开始，我们从来都没有把她当作外人。她和安吉那么亲近，她是我和孩子们在困难时候可以信赖的人。她对沃伦来说是个了不起的妈妈，经常带他过来看我的所有孩子们。

尼斯的厨房安装生意现在做得有模有样，尽管经济萧条，他和他的合伙人本吉还是做得很好。他还和索菲在一起，索菲在一家计算机公司工作，她对所有孩子们还是那么贴心。他们有望某天结婚，但他们并不着急，我怀疑是因为我把尼斯照顾得太好了，还有一点就是索菲的厨艺比起我实在是差太远……

至于几个小家伙，好吧，他们都令他们的妈妈自豪，也全都有自己的个性。康纳性格安静。他真是个好帮手，总是乐于在家里和花园里给我打下手。当他忙完所有这些家务活，有点空闲时他最喜欢踢足球和骑自行车，他放学后喜欢去尼斯那里工作。

杰克是我们的开心果。他跟他妈妈一样总是在笑，而且一旦开始就不能停止。他也非常怕痒——他到现在都还是这样，安吉！——所以，当我给他洗澡的时候，给他洗腋窝简直是不能完成的任务。像康纳一样，他一直都喜欢踢足球和骑自行车，他也很容易激动，充满活力，我开始明白为什么安吉告诉我对他严厉非常重要。如果对杰克屈服一次，那下次他的要求得不到满足的话，我就要做大量的工作！

杰德是我们的私人看护，在许多方面都十分像她妈妈。她给了埃拉那么多的爱，随时都会对她拥抱和亲吻，还喜欢给她穿衣打扮和梳理头发。只要给杰德一个布娃娃和一辆婴儿车，她就会很高兴。她学业十分出色——她喜欢上学。她也喜欢画画，并画得很棒。杰德总是那么乐于助人，她喜欢做家务和帮弟弟妹妹洗澡。她长大后想当个老师。

科里是脸皮最厚的，非常非常调皮。但长大后他会改的，因为他的志向是当一名警察。他和埃拉关系很好，但他们不太喜欢和我分享。科里是爱吃醋的那个，只要是我给埃拉什么东西，他都想要，即便是个布娃娃。我希望他长大后连这个毛病一并改掉。

埃拉是迷你版的杰德。她喜欢杰德的亲吻和拥抱，也喜欢像杰德那样玩布娃娃：不停地给它们穿衣服，把它们放在婴儿车里，推着它们在花园里走。埃拉喜欢跳舞。只要是电视里在放流行歌曲，她就站在电视机前，不害臊地扭着她的小屁股，把我们逗得哈哈大笑。到目前为止，她最大的理想是当一名护士。

在孩子们身上我看到了许多安吉的影子——尤其是我们的两个女儿，她们实在太像她了。我丝毫不怀疑她们将来会成为自己孩子的伟大妈妈，因为一直以来我都能在她们身上看到安吉母爱的天性。只是可怕的疾病夺走了她们自己的母亲，这实在太令人伤心。但有一件事是癌症永远无法剥夺的。那就是它绝不能带走我们对安吉的爱。每过一天我们就爱她多一点。癌症也绝对不能把安吉从我们生活中带走。我们每天都带着微笑怀念她。

我的生活现在都是围着孩子们打转。安吉去世已经两年多了，我的痛苦却还像她刚逝去那天一样鲜活。我每天都去她的坟上，周末则会带上孩子们。在离开妈妈坟墓前，埃拉总会亲吻墓碑上安吉的照片，并挥手道别，说："再见，妈咪！"我是幸运的。通过埃拉，我依然能每天看到安吉迷人的微笑——她有幸从她妈妈那里遗传了这一点。

我用安吉教我的方法抚养着孩子们——那是最好的方式，是妈妈的方式。我绝不能取代她，我也绝不会试着去取代。她也许离去了，但她依然和我们在一起，我想让她为我骄傲，这样我才能在迟暮之年回忆过去，也为自己感到骄傲。不仅如此，我想这么做是因为，我一直保留着她的那张照片，就是放在天国之门上的那张，她像往常一样把手搭在屁股上，脸上带着不满的神情，说："好了，米尔！现在你要硬着头皮干下去！"

我的安吉是颗宝石，知道这点让我感到莫大的安慰。到时候，我会面带微笑离开这个世界，因为我将会和我深爱的女人躺在一起——和我年少时的爱人在一起，永远。

安息吧，我美丽的安吉。谢谢你选择了我来和你共度美妙人生。直到我们再见。

给你我所有的爱，米尔

2012年12月

亲爱的妈妈……

下面是我让其他人用自己的话来表达对安吉的爱，以我们的孩子的信开始。

妈咪：

　　你是世界上最好的妈咪，你是个有趣的妈咪。我非常非常爱你，你总是逗我，让我笑。永远爱你，妈咪。

科里·伊恩

妈妈：

　　我爱你妈咪，你让我笑，给了我许多许多吻，晚上我看到你在天空闪耀，因为你现在是个天使了，爹地只指给我看你的那颗特别的星星。你是世界上最好的妈咪。

爱你，抱你，吻你，埃拉·罗斯

妈妈：

　　我非常爱你，我们去度假的时候还是很开心，爸爸总是带我们去划船，跟我们讲许多笑话，逗我们笑，他总是带我们去水上公园，我们总是像你过去那样喂鸭子，我一直都像你教导我的那样在学校努力学习。去度假的时候，我们总是去看你的牌匾，放鲜花在上面。我们将永远记住你美丽的脸庞和你银铃般的笑声。你过去叫我长腿丹尼而不是杰克的时候，我总是哈哈大笑。你总是给我们许多拥抱和亲吻，而当我亲吻爸爸的时候，我也顺带把给你的吻给了他。爸爸总是给我们买很多玩具，他打算给我买一把像他那样的吉他，还会教我弹些曲子。爸爸告诉我你过去喜欢法拉罗玫瑰，你会把它们藏起来不让他修剪。我们永远不会忘记你的大笑和微笑。每当你和我们一起去度假的时候，你总是带我们玩遍所有的骑乘项目。你度假时最喜欢的食物是鱼和薯条还有甜甜圈。你和爸爸是世界上最幸福的一对儿。

爱你妈咪，杰克

妈咪：

我将永远爱你。当爸爸像外公一样老的时候，我们也会照顾他。我们去沙滩时，仍然能得到许多乐趣，他总是带我们去划船，玩游乐场的所有项目。每次去度假我们都会去那家咖啡馆看你的牌匾，爹地不忙的时候总是带我们去水上公园，我们总是替你喂那些鸭子。我们依然玩得很开心。爸爸把你的卧室给了我和埃拉。每次我亲吻爸爸的时候，都会把给你的吻一并给他。我在照看爸爸圣诞节买给你的香肠狗。有时候埃拉上学前我会帮爹地给她穿衣服。我们家墙壁上有许多你的照片，我一直都按照你教我的那样做作业，在学校努力学习，在学校的女王周年纪念派对上，我因为爹地给我买的裙子获得了一等奖。

给你无数个吻，永远爱你妈咪，杰德

妈妈：

我多么希望你还和我们在一起，我多么爱你，我想你滑稽的大笑，你总是让我笑，我们在家里的每一面墙壁上都贴了你的照片，爸爸把你文在了他的胸上，我遵照你的嘱咐在学校努力学习，我们还是经常去度假，拥有许多乐趣，我一直都在帮爸爸。

爱你妈妈，康纳

妈妈：

我好想你，妈妈，我想念我们在一起的所有那些大笑，但我永远都不会忘记你在生命最后几年对待疾病的态度，似乎什么都不能把你打垮——甚至可怕的癌症也不能抹去你脸上的笑意，你一直笑着活到最后一刻，你拥有角斗士一样的勇气，妈妈。你不仅是个了不起的、关心他人的、充满爱心的妈妈，也是个勇敢的妈妈。有像你这样的妈妈，我感到无比骄傲，你总是教导我这一生不能碌碌无为，好吧，我听进去了，妈妈，现在我创办了自己的公司，我希望能让你引以为荣，妈妈，就像你让我们感到荣耀一样，我绝不会忘记你，你是最好的妈妈。

给你我所有的爱，尼斯

妈妈，你的一生充满了爱的行为，

永远考虑我们的特别需要，

今天、明天、我这辈子，

都将永远珍爱你。

给你我所有的爱，达蒙

我伟大的母亲：

拥有像你这样的母亲，我感到无比自豪，你是万里挑一的母亲，我将永远记住你那迷人的笑，有你在，我们家没有一刻是沉闷的，我多么希望你能和我们一起看到我的第一个孩子艾萨克出生，你一直活在我脑海里，妈妈，也将永远会。爱你到永远。

瑞安

亲爱的安吉……

对像我们安吉这样的妹妹我能说什么呢？

身为哥哥，再也不可能期待有比安吉更好的妹妹了。她善良、快乐、从不说人是非。实际上，她就像布鲁诺·马尔斯[1]唱的歌，具有神奇的魅力。我想她有一点是大家都不会忘记的，那就是她的笑，我还记得我带女朋友——现在的妻子黛安娜第一次回家见家长的情景，我和黛安娜沿着花园小径走过去时，我们的安吉就站在楼上的窗前，笑得惊天动地。黛安娜看着我问那是谁，我微笑地看着戴安娜说那是我们的安吉，她疯了。

毫无疑问，她现在还在低头看着我们，还在大笑不止。

当死神把我们的安吉从我们身边带走时，我的心碎成了两半。我非常想念她。

我会永远爱你安吉。

你的哥哥尼尔

我会永远记住我美丽的女儿安吉·罗斯，我们在一起度过了许多幸福时光，共享了许多快乐，你所做的一切丰富了我的人生。

在世界上所有的女儿当中，我可以说你是万里挑一的，在你有生的48年里，给我的欢乐不计其数。

所以不管你在天堂的何处，我都希望你依然爱笑，并和

1　原名Peter Hernandez Jr.，1985年生于美国夏威夷。在第53届格莱美奖评选中，布鲁诺·马尔斯击败迈克尔·杰克逊、约翰·梅约和迈克尔·巴布雷等前辈获得了最佳流行男歌手奖，成为新的流行天王。

你妈妈温妮玩拉耳朵[1]的游戏。

上帝保佑你们俩，分别拥抱和亲吻你们。

给你我无尽的爱，爸爸

致安吉：

我没有一天不想你，每过一天，我对你的思念就增长一分，可怕的疾病带走的不仅是我了不起的未来婆婆，也是我最好的朋友，我们在一起度过了美好、幸福的时光。等我有了自己的孩子，我不会让他们忘记他们的奶奶是个多么令人惊奇的女人。

愿您安息。

爱你的索菲

安吉是位伟大而美丽的年轻女性，但她是位更伟大的妻子、母亲和弟媳，她的孩子和丈夫就是她的整个生活。她的欢笑同样伟大，是那么具有感染力，你只要听到她的笑声就会知道那是她。我们都为她的逝去感到悲痛，但我们失去的便是天堂的所得。给你我们所有的爱。

马尔克和艾琳

1　传统因纽特人游戏，考验竞赛者对痛苦的忍耐力。比赛中两位选手面对面坐着，双腿分叉，固定不动，用一条两英尺长的绳子圈在两人相应的一只耳后，右耳对右耳，或左耳对左耳，然后两人相互发力，直到一方绳子脱落，或一方放弃为止。

我是那么想念我的妹妹安吉，她像是我的一个最好的朋友。尽管身染重病，她仍总是在笑。安吉是为孩子们而活的，他们就是她的整个世界。过去我每周都会去看她，她总是给我冲杯咖啡，然后给我讲周边最新的八卦新闻。日子来了又去，但痛苦和空虚依然在。我永远都不会忘记你安吉。

给你我所有的爱，温迪

我们的安吉是我见过的最快乐的人，她总是在笑，就算是在并没有什么好笑之事的时候。有我们的安吉在身边，没有人会难过，安吉讨厌看到任何人不开心，她的笑声依稀在耳，仿若昨日。我们的安吉会永远活在我们心里，我们会珍惜我们和她共度的每一个珍贵瞬间。

永远爱你安吉。

乔纳森、琼妮和孩子们

从安吉还是个小女孩的时候我就认识她，她就住在我家隔壁，我看着她长成一个了不起的妻子和母亲。谁能想到我们会嫁给两兄弟呢？

安吉一辈子都是为家人而活，但生活是如此残酷，有时候人会遭受不幸，可怜的安吉就是这样。但她比大部分人为生活付出的更多，而且无论生活给她什么，她都以极大的勇气和尊严去面对。

安吉爱孩子们，人们将永远记得她拥有怎样一个大家庭。但我想她的家人会记住的则是她具有感染力的笑。

愿你安息，安吉。

林恩和巴里

致我的妹妹安吉，没有哪个妹妹比你更美丽、更关心人和更有爱心了。直到生命的最后一刻你都是那么勇敢，我会永远记住你，你会永远活在我们心里。我们怀念我们一起在里尔、弗兰伯勒和贝尼多姆度过的美好假日，以及我们在一起分享的所有乐趣和欢笑。我和特里心里有一块永远缺失了，那一块就是你。

永远爱你安吉。

黛安娜、特里、卡蕊娜和凯恩

当我被问及是否愿意为安吉写几句话时，我感到非常荣幸和骄傲有这个机会。但几句话根本不足以描述这位令人惊叹的女士。

安吉对许多人来说有许多不同的意义，但很显然她在生活中的角色是她丈夫伊恩的妻子和她八个孩子的母亲。谈起他们，她声音低柔，充满爱意，眼里流露出她真正的恐惧。

我自己也是四个孩子的母亲，这两年来，我从来没有遇见过比她更舍得为家庭付出的人。

安吉具有极少人所具有的威严，她不需要生气或提高嗓门就能得到人们的注意，她只需要走进房间，微笑。特别是有一天，他们俩过来看我，我很担心，不知道他们为什么而来。安吉和伊恩走进来，坐下了。我觉得她看起来很美，很健康。我说："安吉，你气色很好，你的头发好漂亮。"而她却一把拽掉假发。我吃惊得不知道该怎么办。我看着她，不知道该如何反应，我试着摆出专业的样子，但我看到她嘴唇翘了起来，露出一丝笑意，接着哈哈大笑起来。我也哈哈大笑起来，接着是伊恩。能在这样紧张和艰难的会面中展现幽默真令人惊奇，但那就是安吉。她知道这对伊恩来说有多难，她是在试着用自己的方式来放松心情，保护他。

有一次在我、安吉以及伊恩和肿瘤专家会面前，安吉对我说，这是她拥有自己牙齿的最后一周了，我有点儿吃惊，并不真的明白她的意思。我看着伊恩和安吉，说你是什么意思，她解释说她在尝试一种新药，但因为她有一颗牙齿松动了，他们觉得牙龈会无法愈合，所以在参加试验前，她不得不把所有的牙齿都拔掉。我吓坏了，我问她怎么能这么勇敢，她非常轻声地说，只要能让她和家人多待一些时间，什么事她都愿意去做。她对我微笑着，我回头看伊恩，他显然很不安。安吉只是说："哦，没关系的，我的假牙将会完美无瑕，我笑起来会像电影明星一样牙齿白得晃眼！"我坐在那里，对面前这位勇敢接纳生活给予的一切的女士充满敬畏，我为她的勇气所折服，至今仍是。

林恩·汉德利

病人联络办公室代理人

安吉是我最好的朋友之一

当我想起你时，我想起了我们和我的家人一起坐着拖车，去梅布尔索普的黄金沙滩度假时度过的美好时光。

还有和你的家人一起去威尔士的里尔度假的快乐时光。

在布莱克浦一日游时我们穿得像对儿双胞胎。

就是我们过去经常穿的那套衣服，

还有脚上的沙夏[1]高跟鞋，我们连路都走不了。

我会记住你一贯的微笑；

还有你出了名的大笑；

那天，在伟佳高中你告诉我你喜欢米莉。

而我不得不去问他是否愿意见你，

他答应的那天你笑开了花。

在山崖上，还有亭子的墙壁上，你用粉笔写安吉和米莉永远在一起。

1　荷兰名鞋品牌。

我永远不会忘记对一个好朋友的回忆。

爱你安吉（亨斯多克）

安吉，我永远都不会忘记你的爱、你的微笑，还有你的欢声笑语。

你总是那么温柔。

你的力量从不枯竭。

你对家人的大部分不朽的爱都发自内心。我珍惜过去，珍惜将永远留存的记忆。

安吉是天堂送来的礼物，她把她的爱和力量分享给了接触到的每一个人。

我想你，但你留下的会活在孩子们身上。

特里萨·克拉克

迈尔菲尔德小学托儿所护士

安吉是个温柔的、充满爱心的女人。她了不起的个性感动了那么多人，尤其是我们，她的微笑能点亮一个房间。我记得安吉和伊恩一起来我们家参加我丈夫八十岁生日派对那天的情景，尽管她才刚做完第一期化疗，但她的笑声充满了整个房子，使得我们都和她一起欢笑。她从来不去多想她的疾病，她似乎只是想把剩下的时光过得最好，如果我们都能像安吉，这个世界将会变得多么美好。

安息吧，安吉拉。

给你我们所有的爱

比尔和罗斯·布斯

我们记忆中的安吉是个可爱的邻居，尽管她自己面对着许多问题，但她总是面带微笑，和我们聊天。她的笑具有感染力。她是位非常非常可爱的女士。

邻居肯和希尔达·海格

MUM'S WAY BY IAN MILLTHORPE AND LYNNE BARRETT-LEE
Copyright © 2013 by Ian Millthorpe and Lynne Barrett-Lee.
First published in the English language by Simon & Schuster UK Ltd, England.
Simplified Chinese edition copyright © BEIJING ALPHA-BOOKS.CO.,INC.,2015
All rights reserved to Ian Millthorpe and Lynne Barrett-Lee throughout the world.

版贸核渝字（2013）第124号

图书在版编目（CIP）数据

亲爱的小孩，原谅我不能陪你长大 / (英) 米尔索普，
(英) 巴瑞特-李 著；李娟译. -- 重庆：重庆出版社，2015.2
书名原文：Mum's way
ISBN 978-7-229-08876-7

Ⅰ.①亲… Ⅱ.①米… ②巴… ③李… Ⅲ.①纪实文学—英国—现代
Ⅳ.①I561.55

中国版本图书馆CIP数据核字（2014）第260568号

亲爱的小孩，原谅我不能陪你长大

QINAIDEXIAOHAI YUANLIANGWOBUNENGPEINIZHANGDA

〔英〕伊恩·米尔索普　琳妮·巴瑞特-李 著

李娟　译

出 版 人：罗小卫
出版监制：陈建军
策划编辑：张慧哲
责任编辑：王春霞
责任印制：杨　宁
营销编辑：王丽红
装帧设计：荆棘设计

重庆出版集团
重庆出版社　出版
（重庆市南岸区南滨路162号1幢）

投稿邮箱：bjhztr@vip.163.com
北 京 凯 达 印 务 有 限 公 司　印刷
重庆出版集团图书发行有限公司　发行
邮购电话：010-85869375/76/77转810

重庆出版社天猫旗舰店
cqcbs.tmall.com

全国新华书店经销

开本：880mm×1230mm　1/32　印张：8.75　字数：160千
2015年4月第1版　2015年4月第1次印刷
定价：32.80元

如有印装质量问题，请致电023-61520678

MUM'S WAY BY IAN MILLTHORPE AND LYNNE BARRETT-LEE
Copyright © 2013 by Ian Millthorpe and Lynne Barrett-Lee
First published in the English language by Simon & Schuster UK Ltd, England.
Simplified Chinese edition copyright © BEIJING ALPHA-BOOKS.CO.,INC.,2015
All rights reserved to Ian Millthorpe and Lynne Barrett-Lee throughout the world.

版贸核渝字（2014）第124号

图书在版编目（CIP）数据

亲爱的小孩，原谅我不能陪你长大 / (英) 米尔索普，
(英) 巴瑞特–李 著；李娟译. –– 重庆：重庆出版社，2015.2
书名原文: Mum's way
ISBN 978–7–229–08876–7

Ⅰ.①亲… Ⅱ.①米… ②巴… ③李… Ⅲ.①纪实文学—英国—现代
Ⅳ.①I561.55

中国版本图书馆CIP数据核字（2014）第260568号

亲爱的小孩，原谅我不能陪你长大
QINAIDEXIAOHAI YUANLIANGWOBUNENGPEINIZHANGDA

［英］伊恩·米尔索普　琳妮·巴瑞特–李 著

李娟　译

出 版 人：罗小卫
出版监制：陈建军
策划编辑：张慧哲
责任编辑：王春霞
责任印制：杨　宁
营销编辑：王丽红
装帧设计：荆棘设计

重庆出版集团
重庆出版社　出版

（重庆市南岸区南滨路162号1幢）

投稿邮箱：bjhztr@vip.163.com

北 京 凯 达 印 务 有 限 公 司　印刷
重庆出版集团图书发行有限公司　发行
邮购电话：010–85869375/76/77转810

重庆出版社天猫旗舰店
cqcbs.tmall.com

全国新华书店经销

开本：880mm×1230mm　1/32　印张：8.75　字数：160千
2015年4月第1版　2015年4月第1次印刷
定价：32.80元

如有印装质量问题，请致电023–61520678